바리데기,
야야 내 딸이야 내가 버린 내 딸이야

201

바리데기,
야야 내 딸이야 내가 버린 내 딸이야

전국국어교사모임 기획 · 신동흔 글 · 박철민 그림

Humanist

'국어시간에 고전읽기' 시리즈를 펴내며

고전을 읽어야 한다는 가르침은 어릴 때부터 귀가 따가울 만큼 들었다. 그러나 몸소 이를 따르는 사람은 흔치 않다. 종종 고전을 가까이하는 사람들이 있는데 이들은 대체로 삶을 헛되이 보내지 않고 훌륭한 일을 이루어 세상에 뚜렷한 이름을 남겼다. 고전 안에 그만큼 값진 속살이 들어 있기 때문이다.

고전이 이처럼 깊은 가치를 지녔는데 어째서 고전을 읽는 사람은 흔치 않을까? 아마도 고전이 사람을 쉽게 끌어당겨 주지 않기 때문일 것이다. 고전은 우리에게 섣불리 손짓을 하지도, 눈웃음을 치지도 않는다. 고전은 끈기를 가지고 파고들어 오는 사람에게만 마지못한 듯이 웃음을 지으며 속내를 털어놓는다. 고전은 요즘보다 훨씬 무뚝뚝하던 옛날에 이루어진 삶이며 글이기 때문이다.

그래서 우리는 청소년들이 고전을 즐겨 읽을 수 있도록 마음을 다했다. 뻣뻣하고 까칠한 고전을 달래서, 부드럽고 친절하게 청소년을 끌어당기도록 손을 쓰고 공을 들였다. 멋없이 무뚝뚝하던 고전을 정성껏 매만져서 두 팔을 활짝 벌리고 청소년들을 끌어안을 수 있도록 탈바꿈했다.

고전은 이제 온전히 겉모습을 바꾸어 청소년들을 맞이할 것이다. 자칫 속살까지 탈바꿈한 것처럼 보일지 몰라도 책을 읽다 보면 예스러운 고전의 맛과 멋을 한껏 느낄 수 있을 것이다. 우리는 무엇보다도 고전이 고전다운 속내와 뼈대를 온전하게 지니도록 하는 데 힘을 쏟았다.

고전은 시공간을 뛰어넘고, 나라와 겨레를 뛰어넘어 세상 모든 사람에게 큰 울림을 준다. 《시경》, 《탈무드》, 《오디세이아》, 셰익스피어와 괴테의 작품이 세상 모든 이에게 가르침을 주듯이, 우리의 고전도 모든 이에게 값진 가르침을 줄 것이다. 가르침이 서로 다르기는 하지만 높낮이가 있는 것은 아니다. 그러므로 세상 고전을 두루 읽어야 하는 것이나, 우리는 우리네 고전부터 읽는 것이 마땅한 차례다.

이런 뜻으로 전국국어교사모임에서 '국어시간에 고전읽기' 시리즈를 펴낸 지 십 년이 되었다. 누구나 두루 즐기며 읽을 수 있도록 쉽게 풀어 쓰고 맛깔나고 재미있는 작품으로 재창조하려고 무던히도 애썼다. 다행히도 많은 독자로부터 분에 넘치는 사랑을 받았고, 우리 고전을 가까이하고 즐기는 청소년들이 많이 늘어 고마울 따름이다.

지난 십 년처럼 묵묵하게 이 시리즈를 이어 갈 생각으로 첫 마음을 되새기며 글과 그림을 더하고 고쳐 좀 더 새로운 얼굴의 우리 고전을 세상에 다시 내놓으려 한다. 이 책을 통해 우리 청소년들이 풍성하고 가치 있는 고전의 바다에 풍덩 빠질 수 있기를 기대해 본다.

전국국어교사모임

《바리데기》를 읽기 전에

그냥 듣기만 해도 눈물이 날 것 같은 이름이 있습니다. '바리데기'가 꼭 그런 이름입니다. 바리데기는 세상에 태어나자마자 자신을 낳아 준 부모로부터 버림을 받았습니다. 자신이 어디서 왔는지도 모른 채 심심산천을 홀로 방황하던 그 심정은 오죽했을까요. 꿈에도 그리던 부모를 만나자마자, 서천서역 머나먼 길을 홀로 헤치고 나아가는 마음은 또 어떻고요. 버려진 아이라는 뜻의 '바리데기'라는 이름부터 어찌 그리 서러운지요.

바리데기는 오랜 세월, 이 땅의 백성을 보듬어 주던 구원의 여신이었습니다. 하지만 어느새 사람들에게서 잊히고 있으니 어찌 된 일일까요? 일제가 무속 문화를 미신으로 몰아붙이던 자취가 남아 안타깝게도 우리의 무속 신들이 거리낌의 대상이 되고 있는 것이지요. 그러나 우리 신화가 지닌 힘이 그리 쉽게 사라질 리 없습니다. 요즘은 무속 신화에 대한 관심이 커지고, 우리 신들과 만날 기회도 많아지고 있어 참으로 다행입니다. 덕분에 바리데기도 다시금 우리에게 친근한 이름으로 다가오고 있습니다. 여러분도 동화나 소설, 애니메이션 등을 통해 바리데기라는 이름을 한 번쯤은 들어봤을 거예요.

그런데 높아진 관심에 비해 바리데기의 진짜 이야기와 만날 수 있는 길은 아직도 먼 것 같습니다. 〈바리데기〉 신화를 정리하거나 각색한 글은 많지만 원전에 충실하면서도 내용을 생생하게 담아낸 것은 드뭅니다. 무속 신화의 원전은 들추어 본다고 해도 이해하기가 쉽지 않습니다. 그래서 바리데기의 참모습과 쉽게 만날 수 있는 새로운 통로를 열고자 이 책을 풀어 쓰게 되었습니다.

〈바리데기〉는 우리나라 전역에서 구전되어 온 신화로, 자료가 아주 많습니다. 주인공 이름만 하더라도 바리데기, 바리공주, 비리데기, 베리데기 등 여러 가지이지요. 이 책은 그중 동해안 지역에서 전승되어 온 자료를 바탕으로 삼았습니다. 1976년에 경북 영일에서 김석출이 구연한 〈베리데기굿〉(김태곤 편, 《한국 무가집 4》, 집문당, 1980)이 그것입니다. 이 굿은 내용이 풍부할 뿐만 아니라 감정 표현도 섬세하게 살아 있어 바리데기의 참모습을 잘 보여 줍니다. 동해안본 외에 서울본이나 함경도본도 그 내용이 흥미로운데, 그중 서울본의 이야기를 '더 읽기'에 따로 정리해 두었습니다.

〈바리데기〉 신화는 주로 '무가(巫歌)'로 전승되어 왔습니다. 무가란 '굿 노래'이지요. 이 책의 바탕이 된 〈베리데기굿〉도 무가인데, 노래로 구연한 내용이 중심을 이루고 있습니다. 이 책에서는 굿의 운율감을 살려 이야기를 풀어 가는 한편, 주요 부분을 운문 형태로 실어 무가 본래의 맛을 느낄 수 있도록 했습니다.

바리데기의 험난한 여정을 따라가다 보면, 자기도 모르게 말문이 막히고 가슴 한쪽이 먹먹해집니다. 그러나 어느새 서러운 마음을 가라앉히고, 흐린 영혼을 싸하게 씻어 주는 이야기가 바로 〈바리데기〉입니다. 그럼, 이제 〈바리데기〉 속으로 들어가 볼까요? 진정한 신화 〈바리데기〉를 만나기 위해 준비해야 할 것은 오직 하나! 우리의 눈과 마음, 그리고 영혼을 활짝 여는 일입니다.

신동흔

차례

이왕지사 버리고 가는 자식

너와 내가 죽지 않고 만날 날이 있으려나

버리기 전에 이름이나 지어 보자

나자마자 버리는 자식이니 네가 바리데기로구나

옛날 옛적 불라국의  오구대왕

옛날 옛적에 '불라국'이라는 나라가 있었다. 불라국의 임금은 오구대왕이었다. 오구대왕이 왕위에 올라 불라국을 다스릴 적에, 어질고 착하고 인물도 좋은 길대부인과 부부가 되어 세상만사 부러울 것이 없었다. 만조백관과 삼천 궁녀를 거느리고, 용상에 올라앉아 금관을 높이 쓰고, 옥새를 거머쥐고는 세상사를 맘대로 했다.

하지만 한 가지 뜻대로 되지 않는 일이 있었다. 세월이 물처럼 흘러 혼인한 지 십여 년이 지나도록 자식이 생기지 않았다. 자식이 없으니 시름이 되어 하루 또 하루 흘러가는 날들이 야속하기만 했다.

그렇게 하염없이 세월을 보내던 중, 길대부인의 나이 마흔 되던 해에 문득 태기가 있었다. 한두 달 피를 모아, 석 달에 입맛 궂혀, 다섯 달에 반짐 걸고, 일곱 달에 칠성 틀어, 아홉 달에 해운을 받아, 열 달을 고이 채워 아이를 낳으니, 선녀 같은 딸이었다.

"첫딸은 살림 밑천이라서 매우 좋다."

대왕 부부 이렇게 의논하되 딸 이름을 '천상금이'라 짓고 금이야 옥이야 고이고이 길렀다. 그 아이를 기를 적에 또다시 태기가 있어 열 달을 채워 순산하니, 옥녀 같은 딸이었다. 아이 이름을 '지상금이'라 하고 고이 길렀다. 두 아이를 기를 적에 딸 하나를 또 낳으니, 그 딸 이름은 '해금이'라 했다. 셋까지 딸을 낳고 보니 언제나 아들을 낳아 나랏일을 맡길지 수심(愁心)이 생겼다. 하지만 기다리는 아들은 소식이 없었다. 넷째도 딸, 다섯째도 딸, 여섯째도 딸이었다. 이름은 '달금이', '별금이', '석금이'라 했다.

여섯째까지 딸을 낳으니 길대부인의 나이 쉰이 넘어 아이를 낳을 희망이 없어졌다. 오구대왕은 자나 깨나 임금 자리를 이어받을 아들을 기다렸건만, 뜻처럼 되지 않자 수심이 깊어만 갔다.

"나랏일은 그만두고라도 아들자식이 없어 후손이 끊기면 가문이 끝이로구나. 누가 묘를 돌보고 누가 제사를 맡아서 모실거나."

남모르는 걱정을 태산같이 끼고 있을 적에, 길대부인이 마음에 수심이 가득하여 바람을 쐬러 나섰다. 중문(中門)을 열고 나와 꽃밭에 물도 주고 이 꽃 저 꽃 만지면서 마음을 달래려는데, 솟을대문 밖에서 난데없는 염불 소리가 들려왔다. 귀담아 반겨 듣고 문밖을 살펴보니 한 도사 스님이 목탁을 두드리며,

"나무아미타불 관세음보살, 나무 관세음보살. 시주를 청하러 왔나이다."

두 손 합장하여 염불을 모실 적에 길대부인이 마음 깊이 놀라서,

'이 대문 밖은 까막까치도 못 오는 곳인데 어찌 찾아왔을까? 시주로 달라는 것은 쌀이고 돈이고 보물이고 얼마든지 줄 수가 있지만, 이 깊은 곳까지 찾아왔으니 보통 스님이 아니로구나.'

이리 짐작하고서,

"무엇을 시주할까요?"

물었더니,

"백미 시주를 청하나이다."

답하더라. 길대부인이 안으로 들어가서 백미 한 말을 깨끗이 떠 가지고 나와 바랑에 부어 줄 때 스님이 말하기를,

"부인은 자식 일로 가슴속에 수심이 가득하고 뼛속에 병이 들었건마는 그 속을 누가 알아줄까."

길대부인이 깜짝 놀라,

"여보세요, 대사님. 내 가슴에 맺힌 한을 어찌 그리 잘 아십니까?"

- **만조백관(滿朝百官)** 관청에서 나랏일을 맡아보는 모든 사람.
- **용상(龍床)** 임금이 정무를 볼 때 앉던 평상.
- **옥새(玉璽)** 옥으로 만든 나라의 도장.
- **한두 달~낳으니** 민간에서 아이를 잉태하여 낳기까지의 과정을 관습적으로 이르는 표현. 한두 달에 아이의 형체가 생기기 시작하고, 석 달 무렵 입덧이 심해지며, 다섯 달에 반을 넘겨서, 열 달 만에 탄생하는 모습을 나타낸다. 일곱 달째에 칠성신이 깃들고, 아홉 달이 되면 운수(運數)를 받는다는 것은 민간 신앙의 전통 관념이다.
- **반짐 걸고** 태아의 몸이 반쯤 만들어진 모양을 나타내는 말.
- **칠성(七星)** 아이가 일곱 살이 될 때부터 그 복을 맡아본다는 신.
- **바랑** 스님이 등에 지고 다니는 자루 모양의 큰 주머니.

"명산대찰을 찾아가서 정성을 드리소서. 팔봉사, 장안사 큰 절을 찾아가서 석 달 열흘 백일기도를 지극 정성으로 드리면 귀한 자식을 보실 수 있습니다."

그 말을 마치더니 간데온데없이 바람결에 사라지는 것이었다.

'이 스님이 틀림없는 도사 스님이로구나!'

길대부인은 궁 안으로 들어가서 그날부터 금줄 치고 부정을 가려 공들일 준비를 했다. 지극 정성으로 공물과 음식을 준비해 명산대찰 팔봉사, 장안사 큰 절을 찾아가 공을 들이기 시작했다. 온갖 음식을 정성껏 차려 향로, 향대에 불 밝히고 석 달 열흘, 백일 불공을 지성껏 드렸다. 집에 내려와서도 한시반시 놀지 않고 성주님, 조왕님, 칠성님, 조상님, 삼신제왕님 같은 신령님께 정성을 올렸다.

그렇게 공을 들이니 공든 탑이 무너질까. 갑자년 사월 초파일 한밤중에 길대부인은 이상한 꿈 하나를 꾸었다. 초경에 잠이 들어 이경에 꿈을 꾸는데, 비몽사몽간에 천상에 구름과 안개가 자욱이 깔리며 일곱 가지 무지갯발 상서로운 기운이 퍼지더니 달이 떨어져 왼 어깨에

- **명산대찰**(名山大刹) 이름난 산에 있는 큰 절.
- **향로**(香爐), **향대**(香臺) 향을 피우는 화로와 향로를 놓는 받침대.
- **한시반시 놀지 않고** 잠시도 쉬거나 놀지 않는다는 뜻이다.
- **성주님, 조왕님, 칠성님, 조상님, 삼신제왕님** 민간 신앙에서 모시는 여러 신. 성주신은 집을 돌보는 신이고 조왕신은 부엌의 신, 칠성신은 생사와 복락의 신, 조상신은 조상님 신이며 삼신제왕님은 아이의 잉태와 출생을 맡는 신이다.
- **초경**(初更) 저녁 일곱 시에서 아홉 시 사이.
- **이경**(二更) 밤 아홉 시에서 열한 시 사이.

앉고, 해가 떨어져 오른 어깨에 앉고, 별이 떨어져 품 안에 안겼다.

길대부인이 큰 꿈인 줄 짐작하고 날이 밝자마자 대왕마마한테 편지를 보냈다. 꿈의 내용을 자세히 적어 시녀들 편에 편지를 보내자 대왕님이 읽어 보고서,

"오늘 저녁에 내궁으로 거동하리라."

길대부인이 회답을 반가이 받아 간직하고서 저녁이 되기를 기다릴 때, 오구대왕이 내궁으로 거동해서 말하기를,

"지난밤에 내가 부인과 똑같은 꿈을 꾸었으니 아들 낳을 태몽이 분명합니다."

비단 요와 비단 이불, 원앙 베개를 차려 놓고 오구대왕과 길대부인이 다정하게 잠자리에 드는데, 서린 기운이 예사롭지 않았다. 일월성신과 후토지신, 사해용왕과 오방신장이 두루 찾아와 내궁을 지켰다.

그날 밤 길대부인 몸속에 아이가 들어서니, 그 모양이 이러했다.

그날 밤 초경 이경에 태기 있어 그달부터 태기 있어
한 달 두 달 피를 모아 두 달 석 달 입맛 궂히는데
밥에서는 비린내 나고 장에선 날장내,
물에선 흙내 나고
뒷동산 개복숭아를 말말이 섬섬이 먹고 싶다.
그달을 다 보내고 다섯 달 반짐 걸어 일곱 달이 되니
사방 칠성을 불어넣을 적에 길대부인 거동 보소.
앞남산은 불러지고 뒷남산은 낮아진다.
배 속에 든 아이를 위하여 몸조심을 할 적에

자리를 앉아도 방 안 한쪽 모퉁이에 앉지 않고
문 앞에도 앉지 않고 항상 복판에 가 앉는다.
던져 주는 음식은 받아서 먹지를 않고
떠들고 목소리 높여 내는 말은 듣지를 않고
못된 일 나쁜 일 아예 보지를 않고
부정한 일은 작은 것 하나라도 저지르지 않는다.

그렇게 갖은 정성을 다하여 열 달을 고이 채울 때에 하루는 아이가
태어날 기미가 보였다.

"아이고 배야! 아이고 허리야, 다리야 팔이야!"

길대부인이 시녀들을 불러서,

"애들아, 꽃밭 시녀들아, 별당 안 궁녀들아. 이리 가까이 오너라. 오
늘은 내가 배도 몹시 아프고, 온몸이 부서지는 것 같고, 팔다리가 결
리고 아이처럼 아프구나. 전에 딸자식을 낳을 때는 이렇지 않더니마는
아들을 낳으려고 이러나 보다. 온몸이 몹시도 아프니 애들아, 팔다리
좀 주물러라. 내 배도 좀 만져 봐라."

궁녀들이 팔다리를 주무르고 배도 쓰다듬으며,

● **일월성신**(日月星辰)**과 후토지신**(后土之神) 하늘에 깃든 신과 땅에 깃든 신.
● **사해용왕**(四海龍王)**과 오방신장**(五方神將) 동서남북의 네 바다에 깃든 신과 동서남북과 중앙 다섯 방위
　에 깃든 신.
● **날장내** 끓이지 않는 장(醬)의 냄새.
● **말말이 섬섬이** 한 말 두 말씩, 한 섬 두 섬씩.
● **앞남산은 불러지고 뒷남산은 낮아진다** 태아가 자라서 배가 불러오는 모습을 묘사한 말.

"마마님, 노산이라서 사방이 결리고 아프신가 봅니다."
할 적에 길대부인이 혼미한 가운데 오색구름이 퍼지기 시작했다. 붉
은 구름, 흰 구름, 노란 구름, 푸른 구름이 사방으로 자욱이 퍼지더
니, 내궁 연못에서 일곱 빛깔 상서로운 무지개가 허공으로 피어올랐
다. 길대부인은 오색구름에 싸인 채로, 자나 깨나 기다리던 명산대찰
에 공들여 얻은 일곱째 아이를 낳았다.

길대부인이 정신이 아득한 가운데 아이를 낳고 까무러칠 적에, 시녀
들이 아이를 받아서 뉘어 놓고 보니, 선녀 같은 딸이었다.

• **노산**(老産) 늦은 나이에 아이를 낳는 것을 뜻한다.

굿 속에 바리데기 있다

《바리데기》를 읽는데 왜 난데없이 굿이냐고요? 《바리데기》가
바로 무당이 굿을 하며 부르는 노래 속에 들어 있는
이야기이기 때문입니다. 저런, 굿과 관련된 것은 모두 미신인
줄로만 알고 있었군요? 굿 속에는 원래 우리나라의 여러
재미있는 이야기가 들어 있었지요. 하지만 일제가 우리
전통문화를 말살하기 위해 굿을 미신으로 몰아 없애려 한
후부터는 점점 묻히고 말았답니다. 그럼, 편견에 가려져 있던
진짜 굿의 세계로 들어가 볼까요?

미신 아닌 한마당 축제

　옛사람들은 옥황상제, 삼신, 칠성신, 오구신 등 세상일을 주관하는 수많은
신에게 정성을 바쳐야 복을 얻을 수 있다고 믿었습니다. 그래서 집안의 병마
와 액을 막고 마을의 번영과 복을 바라는 마음으로 굿판을 벌였지요. 중요한
신부터 잡신까지 다양한 신을 빠짐없이 청하고 남녀노소 누구나 모여 복을 기원하
고 흥겹게 음식 나누어 먹는 자리가 바로 굿판이었습니다. 그야말로 신과 인간이 다 함
께 어울리는 소통의 한마당이었지요. 사람들은 굿판에서 신의 세계를 향해 마음을 열
고 자기 자신과 화해하며, 가슴속 신명(神明, '신적인 밝음'이라는 뜻)을 끌어내 몸과 마음에
맺힌 것들을 모두 풀어내 답답함을 해소했습니다. 여럿이 어울리며 서로의 오해와 불신
의 벽을 허물고 진정한 공동체로 거듭날 수도 있었지요. 굿은 이처럼 막히고 맺힌 것들
을 풀어 주고 평화와 행복을 기원하는 의례이자 공동체에 활력을 불어넣어 주는 신명
나는 놀이요, 생활 속의 축제였습니다.

굿? Good!

옛사람들은 즐거운 구경거리를 보고 나면 '좋은 굿 보았다.'
라고 했지요. 요즘은 굿이라고 하면 무당이 춤추고 노래하는
의례만 떠올리지만, 굿의 범위는 생각보다 넓었습니다. 판굿이나 풍물굿
처럼 사람들이 함께 모여서 신명을 풀어내는 일을 두루 칭하는 종합 예술
이었지요. 시나위는 굿판의 즉흥 반주이고, 민요 〈창부타령〉은 경기 도당
굿에 나오는 노래인 것처럼 굿은 민요, 판소리, 탈춤, 살풀이춤 등을 탄생시킨 전통 예
술의 산실이었습니다. 하지만 일제가 우리 전통문화를 말살하기 위해 편견을 조장하고,
1960~1970년대 군사 독재 정권이 근대화를 앞세워 탄압한 탓에 굿은 미신이라는 편견
에 가려 본모습을 잃었습니다. 하지만 엄연히 굿은 우리 선조들의 삶과 문화가 오롯이
담긴 소중한 생활문화 유산입니다. 그래서 전국의 여러 굿이 국가 중요 무형 문화재로
지정되어 있답니다.

굿 속에서 신화 찾기

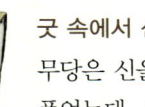

무당은 신을 부르고 찬양하며 신에게 소원을 비는 모든 것을 노래로
풀었는데, 이 노래를 무가(巫歌)라고 합니다. 무가는 춤과 함께 굿의
핵심 요소인데, 그중 이야기의 짜임새를 갖춘 것을 서사 무가(敍事巫
歌)라고 하지요. 서사 무가는 신의 근본과 내력을 전하는 이야기라는
의미로 본풀이라고도 불립니다. 〈성주풀이〉는 성주신의 내력을, 〈세경
본풀이〉는 세경신의 내력을, 〈제석본풀이〉는 제석신의 내력을 풀어내
지요. 신을 주인공으로 한 신성한 이야기로 신화의 성격을 지녀서 무속 신화
(巫俗神話), 입에서 입으로 전해서 구전 신화, 민중들이 전해서 민간 신화라고
도 합니다. 〈바리데기(바리공주)〉 또한 서울 새남굿, 동해안 별신굿, 진도 씻김굿
등에서 전승되고 있는 우리나라의 대표 무속 신화이지요.

굿판을 벌여 보자!

굿 한 판은 각종 신을 모시는 여러 굿거리로 이루어집니다. 큰굿
은 흔히 열두 개의 굿거리로 이루어지지만 기본 구조는 같습니다.

부정(不淨)	**청배(請陪)**	**축원(祝願)**
굿판을 정화하고 신을 맞이하는 준비	신을 부르는 소리와 몸짓	소원을 고하고 신의 축복을 기원

송신(送神)	**오신(娛神)**	**신탁(神託)**
신을 돌려보냄	음악, 춤, 재물을 바치고 함께 즐김	신의 대답을 듣고 축복의 약속을 받음

이 굿 저 굿, 기웃기웃

굿은 문화적·예술적 가치를 지닌 소중한 문화유산으로, 전국의 여러 굿이 국가 중요 무형 문화재로 지정되어 있습니다. 그럼, 대표적인 굿들을 만나 볼까요?

강릉 단오굿

우리나라에서 가장 역사 깊은 축제인 강릉 단오제에서 펼쳐지며 강원도 대관령 서낭당에서 서낭신을 모셔 와 벌입니다. 강릉 단오제는 독창성과 예술성을 인정받아 2005년에 유네스코 인류무형문화유산으로 선정되었습니다. 단오제에서는 단오굿 외에도 관노가면극, 그네뛰기, 씨름, 농악 등 다양한 놀이가 펼쳐집니다.

경기도 도당굿

경기도 수원, 오산, 안성, 구리 갈매동 등지에서 이어져 온 마을굿입니다. 마을 대동신에게 마을의 안녕과 풍요를 비는 굿이며 동제, 산신제, 당산제, 성황제 등으로 다양하게 불립니다.

남해안 별신굿

마을의 안녕과 풍요를 위해 벌이는 집단적인 굿으로, 마을 사람 모두가 비용을 분담하여 참여하고, 닷새에서 일주일 정도의 긴 시간 동안 펼쳐집니다. 동해안 별신굿과 달리 재담과 사설이 적고 진지하며 춤도 단조롭고 소박합니다.

동해안 별신굿

특정한 신에게 제사를 지내는 것이 아니라 마을 수호신을 모셔 놓고 풍어(豊魚)와 배 타는 선원들의 안전을 기원하는 굿입니다. 풍어제, 풍어굿, 골매기당제라고도 부르며 연극적 요소가 많고 춤이 다양하고 대화와 몸짓이 익살스럽습니다.

은산 별신굿

충청남도 은산 지역에서 행해지는 마을굿입니다. 다른 별신굿과 마찬가지로 마을 축제의 성격을 띠지만, 군대 사열이나 진을 치는 행위를 하는 등 장군제(將軍祭)의 성격이 있습니다.

서울 새남굿

죽은 이의 영혼을 좋은 곳으로 보내기 위한 망자 천도굿입니다. 진오기굿이라고도 하며 죽음을 관장하는 신인 바리공주 신화가 구연되지요. 그중 서울 새남굿은 조선 시대 궁중 문화를 받아들여서 춤과 복장이 화려하고 아름다우며, 규모가 크고 장중합니다.

평산 소놀음굿

무당이 소 모양으로 꾸미고 노는 굿으로, 풍년과 장사의 번창, 자손의 번영을 빕니다. 황해도 평산 지역에서 행해지며 놀이적 성격과 불교적 성격이 매우 강한 굿입니다.

황해도 배연신굿

배 주인이 바다에 배를 띄우고 그 위에서 벌이는 굿으로, 마을의 평안과 풍어를 기원합니다. 황해도 해주, 인천광역시 옹진군, 연평도 등에 남아 있습니다.

진도 씻김굿

죽은 사람의 원한을 풀어 주어 편안히 저승으로 갈 수 있도록 기원하는 굿으로, 원한을 씻어 준다고 해서 씻김굿이라 부릅니다. 전라남도 진도 지역에 남아 있으며 불교적인 성격이 강하고 춤이나 음악의 예술성이 매우 뛰어나지요.

제주 칠머리당굿

어부와 해녀 들에게 풍요를 주는 영등신과 마을의 부부 수호신을 위한 굿으로, 영등굿이라고도 합니다. 제주 특유의 해녀 신앙과 민속 신앙이 담겨 있으며, 창세 신화를 비롯한 다양한 신화를 포함하고 있습니다.

일곱째 공주는 말소리도 듣기 싫다

그때에 시녀들이 깜짝 놀라 길대부인을 주물러서 까무러친 어른을 깨워 놓으니,

"얘들아, 내가 혼미한 중에 아이를 낳았는데, 아들이더냐 딸이더냐?"

묻는 말에 여러 시녀가 대답을 못하고 고개를 숙이고 있다.

"얘들아, 내가 묻는 말에 너희가 어찌 답이 없느냐?"

시녀들이 겨우 답하여 하는 말이,

"공주님을 낳으셨습니다."

길대부인 깜짝 놀라, 이것이 웬일이냐.

공들이고 들인 자식, 딸이라니 서럽도다.

이것이 어떤 일이냐.

이 말이 진실이냐.

거짓인 양

아이를 앞으로 당겨서

아이 덮은 포대기를 들춰 보니

틀림없이 칠공주를 낳았구나.

그때에 길대부인 거동 보아라.

애고애고 내 일이야, 땅을 치고 설리 운다.

명산대찰 공들여 낳은 자식, 딸이라니 서럽구나.

요만큼만 달렸으면 저도 좋고 나도 좋을 것을

대왕님 앞에 무어라고 아뢰며

우리 부부 떠나고 나면 나랏일을 누구에게 맡기고

제삿날 밥 한 그릇, 물 한 모금을 뉘라서 떠 줄거나.

아이고 답답, 애닯고 설운지라.

그때에 오구대왕이 용상에 앉아서 만조백관 신하를 모두 불러 놓고 나졸들을 시켜서,

"내궁에 전갈하여 태자인지 공주인지 어서 바삐 아뢰어라."

병조 판서, 한림학사 여러 대신이 정신을 못 차릴 적에, 나졸들이 내궁으로 달려가 시녀에게 묻기를,

"중전마마께서 순산(順産)을 하셨느냐?"

"순산을 하셨다고 아뢰오."

"순산을 하셨으면 태자님이냐, 공주님이냐?"

"일곱째 공주님을 낳으셨다고 아뢰옵니다."

그때에 나졸들이 우루루루 돌아와 대왕님 전에 아뢰기를,

"대왕마마, 길대부인께서 일곱째 공주를 낳으셨나이다."

엎드려서 훌쩍훌쩍 울 적에, 오구대왕 거동 보아라.

"여봐라, 그 말이 참말이냐!"

용상에서 벌떡 일어서며 고함을 지른다.

"야야, 이놈아. 그 말이 참말이냐! 네가 나를 속이는 것이 아니냐? 공들여 낳은 아들, 명(命) 길라고 일부러 나를 속이는 게 아니냐?"

"저희가 어찌 감히 대왕마마를 속이겠습니까? 일곱째 공주님이 탄생하셨나이다."

오구대왕이 그만 용상에서 털썩 내려앉더니만 정신이 몽롱하여 세상 분별을 못하고 쓰러진다. 신하들이 깜짝 놀라, 의원을 불러 침을 놓고 약을 써서 깨워 놓으니 오구대왕 하는 말이,

"경들은 왜 이리 모여 있는가. 오늘 무슨 회의가 있는가?"

"아무런 회의도 없사옵고, 대왕마마를 위안하려고 이렇게 모두 모였나이다."

그때서야 오구대왕이 정신을 차리고 사방을 둘러보며 생각하기를, '일곱째 공주라니, 이것이 웬일인가. 우리 부부가 쉰을 넘겼으니 이제 더는 아이를 갖지 못하리라. 이로써 태자는 영영 틀렸구나.'

곰곰이 생각하니 슬픈 마음이 안개처럼 구름처럼 가슴에 꽉 차올랐다.

이때 오구대왕이 입을 열어 명령을 내리는데, 무서운 명령을 내린다.

이번에 일곱째는, 칠공주는
울음소리도 듣기 싫고 말소리도 듣기 싫다.
그 아이는, 일곱째 공주는
인적 닿지 않는 곳에
멀리멀리 내다 버려라.

그때에 길대부인이 자리에 누웠다가 그 명령을 듣고 나니 푸른 하늘
에 날벼락으로 억장이 무너졌다. 제 몸으로 낳은 자식을 어찌 내다 버
릴까마는, 누구의 명령이라 거역할까. 할 수 없고 할 수 없는 일이었
다. 길대부인이 그날 밤을 새우는데,

애들아 일곱 방 궁녀들아, 이리 모여 오너라.
대왕님 분부 이러하니 칠공주 갖다 버릴 채비를 차리자.
칠공주를 가슴에 부여안고서
야야 공주야, 내 딸 공주야.
딸자식이라도 낳을 때나 섭섭하지
기를 때는 아들이고 딸이고 다 한가진데
열 손가락 깨물어 안 아픈 손가락 어디 있나.
부모 마음은 열 자식이 다 한 자식 아니더냐.
애들아 시녀들아,
저 오동장롱 위 빼닫이 열고 보면
태자를 낳으면 어린애 저고리 입히려고
비단에다 수를 놓아 장만해 놓은 그 옷 다 가져오너라.
칠공주 갖다 버리는 마당에 그 옷 놔두면 무엇하리.

그 아래에 가운데 빼닫이 열고 보면

우리 태자를 낳으면 백일에 입히려고

백공단 저고리에다가 남공단 바지에다가

앞섶에 삼태성 별을 수놓고

뒷등에는 북두칠성을 곱게 새기어

양팔에는 고이고이 함박꽃을 수놓고

연밥 구슬 조롱조롱 만들어서 마련해 둔 옷

우리 칠공주 갖다 버린 뒤에

뉘를 주려고 두겠느냐. 어서 바삐 내오너라.

저 사랑방 장롱을 열고 보면

공단 포대기 마련해 놓은 것을

태자 없는 세상에 공주 없는 세상에

뉘를 덮어 주며 뉘를 업고 기를까.

장만해 놓은 것 이리 다 내어서, 보에 싸서

칠공주 갖다 버리는 이 마당에 다 갖다 없애자꾸나.

여러 궁녀와 시녀가 장롱을 열고서 옷을 내어 차곡차곡 싸 놓으니 한 보따리 가득해 북통 같았다. 차츰차츰 촛불이 기울어질 적에, 길대부인이 얼마나 울었던지 눈두덩이 퉁퉁 부었다.

어느새 새벽 어스름이 밝아 오며 닭이 "꼬끼오." 울음을 우니,

• **빼닫이** 빼고 닫는 형태의 서랍장.
• **백공단(白貢緞)** 흰색의 공단. 공단(貢緞)은 윤기가 도는 고급 비단이며 남공단은 남색 공단이다.
• **삼태성(三台星)** 큰곰자리에 있는 자미성을 지키는 별로, 각각 두 개의 별로 된 상태성, 중태성, 하태성이다.

"닭아 닭아, 울지 마라. 네가 울면 날이 샌다. 날이 새면 내 딸 공주 버릴 일을 생각하니 기가 막히어 눈앞이 캄캄하다."

하지만 무정하게도 시간이 흘러 동산 위로 두둥실 해가 떠오르고 동방(東方)이 밝아 왔다. 길대부인이 일어서며,

"애들아, 궁녀들아. 우리 칠공주 데리고 길 떠나자."

칠공주를 포대기에 싸서 안은 시녀가 앞서고, 길대부인이 그 뒤를 따랐다. 여러 방 시녀와 나졸이 앞뒤로 주렁주렁 늘어서서 공주를 갖다 버리러 길을 나섰다.

그때에 칠공주를 버리려 할 적에, 여기다 버릴까 저기다 버릴까 이 리저리 둘러보아도 버릴 만한 곳이 전혀 없었다. 나무에 버리자니 날 짐승이 무섭고, 땅에 버리자니 길짐승이 무서웠다. 물에나 넣자 하고 포대기에 싼 채로 수정같이 흐르는 물에 내려놓으니, 시냇물이 굽이치 는데도 포대기에 물 한 방울 묻지 않고 동동 떠서 흘러갔다.

"저 모양 차마 못 보겠다. 도로 건져 내라."

아이를 건져 낸 뒤 길대부인 하는 말이,

"이제는 할 수 없으니, 산을 넘고 들을 건너 깊은 산천에 갖다가 버 릴 수밖에 없다."

시녀들이 이 말을 듣고 아이를 도로 안아 산을 넘고 들을 지나 산 천으로 찾아 들어갔다. 첩첩산중을 찾아 들어가는데, 골은 깊고 봉우 리는 높으니 그 산 이름이 '버드렁산'이었다. 수목은 우거지고 방초는 휘늘어져 앞내 버들은 초록 장막 드리우고 뒷내 버들은 어스름 장막 드리웠다.

그때에 길대부인이 아이를 받아 들더니,

"내 딸이야, 공주야. 내가 너를 버리러 가는데 마지막으로 젖이나
한번 물려 보자."

젖줄을 입에 넣어 젖을 먹이니 아이는 한 번 빨고 두 번 빨더니만
소록소록 잠이 든다.

"이왕지사 버리고 가는 자식, 너와 내가 죽지 않고 만날 날이 있으
려나. 버리기 전에 이름이나 지어 보자. 나자마자 버리는 자식이니, 네
가 '바리데기'로구나."

속적삼을 끊고 손가락에서 피를 내어 '바리데기'라는
이름을 써서 아이 품속에 넣어 준다.

아이를 안고서 한 고개를 넘으니,
산천 한 자락에 널따란 반석
이 깔려 있고 그 뒤로 억
석바위가 잦아졌는데
그 사이에 천연적으로
생긴 굴이 하나 뚫려
있었다.

"저 굴이 그윽하니
저 앞에나 놓아 볼까."

* **방초**(芳草) 향기롭고 꽃다운 풀.
* **억석바위** 크고 험한, 억세 보이는 바위.

굴 앞으로 다가가서 가랑잎을 이리저리 쓸어다가 둘러 깔고서 잠든
아이를 반석 위에 눕혀 놓았다. 그러고 나서 돌아서려니 차마 발이 안
떨어져 길대부인이 방성통곡 울음을 운다.

야야 내 딸이야.
네가 이 세상에 나와 인연이 없었거늘
내가 이 세상에 아들자식 없을 팔자거늘
너 낳고 이틀 만에 깊은 산중에 너를 갖다 버리니
대왕님 명령이 그러하시니 할 수 없고 할 수 없다.
너와 나는 이 시간부터 이별이다.
내 딸이야, 새 세상 좋은 가문에 아들로 태어나서
고이고이 자라나 좋은 세상 보려무나.
내 딸이야, 고이고이 잠들어라.

아이가 고이 잠들어 울음소리 하나 없을 적에 길대부인이 눈물을
씻고 돌아서며,

"야야, 시녀들아, 궁으로 돌아가자. 야야, 나졸들아, 앞서고 뒤서거라."

한 발 딛고 두 발 딛고 세 발 끝나 돌아보고, 또 한 발 딛고 되돌아
보고, 두 발 딛고 눈물짓고 세 발 만에 한숨 쉰다.

한숨 쉬며 돌아볼 때에 난데없이 그 산천 바위틈에서, 천둥같이 소
리를 지르고 산천을 뒤흔들며 산처럼 커다란 산신령 호랑이가 훌쩍
나타났다. 산신령 호랑이는 이리저리 모래를 던지고 자갈을 던지며 으
르렁거리고, 불이 활활 타오르는 듯한 눈으로 칠공주를 내려다보면서

빙빙 돌았다.

산만 한 호랑이가 나와서 설치니 어느 누구라고 무섭지 않을까. 호랑이가 흙을 뿌리고 자갈을 던질 적에, 길대부인 일행은 눈도 제대로 뜨지 못하고 자꾸 쫓기어 한 발 두 발 뒷걸음질 쳤다. 그 틈에 호랑이가 포대기에 싸 놓은 아이를 안고서 굴속으로 들어가 버리니 시녀와 나졸들이,

"저 속에서 우리 칠공주님을 뜯어 먹거나 해치려고 저러는구나."

그 길로 겁이 나서 두 번도 다시 못 건너다보고 충충거리며 궁궐로 돌아오는 것이었다. 돌아와서 오구대왕 전에 아뢰기를,

"대왕님 명령대로 칠공주를 인적이 닿지 않는 깊은 산중 바위틈에다 갖다 버리고 왔습니다."

대왕이 말하기를,

"그것 참 잘했다. 딸도 자식이지마는, 몸서리가 나서 얼굴도 보기 싫고 목소리도 듣기 싫었는데 잘 갖다 버렸다. 그 일 참 잘했다."

● **방성통곡(放聲痛哭)** 큰 소리로 몹시 서럽게 우는 것.
● **산신령 호랑이** 옛사람들은 호랑이를 산신령의 화신이나 심부름꾼으로 인식하곤 했다.
● **충충거리며** 발걸음을 매우 재게 떼며 땅을 구르듯이 바쁘게 걷는다는 뜻이다.

깊은 산중으로 구경을 가자꾸나

그때에 오구대왕이 칠공주를 버리고 하루하루를 지내는데, 자식 내다 버린 일과 지난 일, 앞일을 생각하니 이 생각 저 생각으로 나랏일에는 마음이 없고 근심만 가득했다. 그렇게 하루 가고, 이틀 가고, 열흘 가고, 달이 가니 몸에 병이 생겨났다. 하도 속을 많이 썩으니 깊은 병이 절로 났다.

오구대왕이 한번 병이 나자 고칠 길이 없었다. 용하다는 의원을 다 불러들이고 인삼, 녹용 좋다는 약을 다 써 보고 여기저기 침을 놓아도 아무 소용이 없었다. 길대부인은 밤낮으로 약 수발을 다하건마는, 여섯 딸은 병조 판서, 한림학사 여러 대신 집에 시집을 가서 맡은 일이 있는지라 친정 일을 의논할 리 없었다. 무정세월 십여 년이 흐르도록 오구대왕의 병은 낫지 않고 자꾸 악화되었다. 차츰차츰 몸이 말라서 꺼풀만 붙고, 살은 한 점 없이 **뼈**만 남았다.

길대부인이 아무리 애를 써도 대왕을 살릴 길이 전혀 없자 밤낮으로 눈물과 근심을 벗 삼아 지낼 적에, 하루는 꽃밭에 나와 화초에 물도 주고 이 꽃 저 꽃 만져 보며 시름을 달래는데, 난데없이 대문 밖에서 염불 소리가 들려왔다. 한 귀로 듣고서 언뜻 살펴보니 한 노장 스님이 와서 시주를 청하는데 염불 소리가 처량했다. 길대부인이 반겨 듣고,

"애들아, 아랫방 시녀들아. 백미 한 말 깨끗이 떠서 내오너라."

길대부인이 백미 한 말 시주를 할 때에 노장 스님 하는 말이,

"중전마마, 길대부인요. 대왕님을 위하느라 마음속에 걱정과 근심이 연못에 물 차듯 가득하군요. 서천서역에서 약수를 구해 와야 대왕님을 살리지 그 밖에는 인간 세상에 약이 없습니다."

이렇게 말하더니 간데온데없이 사라지는 것이었다.

길대부인이 도사 스님인 줄 짐작하고서,

'서천서역은 어디이며, 누구를 보내서 약수를 길어다 우리 대왕님을 살릴까.'

의논할 곳 따로 없어, 그날 저녁에 밥을 먹고서 딸 여섯을 다 불러 들였다.

---

* **무정세월**(無精歲月) 덧없이 흘러가는 세월.
* **노장 스님** 나이가 많고 도(道)가 높은 스님.
* **서천서역**(西天西域) 서쪽 멀리 있다는 신비의 세상. 산 사람은 갈 수 없다는 머나먼 곳으로, 이승과 저승 사이 또는 저승 한쪽에 존재하는 공간으로 여겨진다.

"큰딸 오너라, 둘째 딸 오너라. 천상금이, 지상금이, 해금이, 달금이, 별금이, 석금이 다 들어오너라."

큰딸한테 묻기를,

"야야, 너희 아버지 병환은 인간 세상에 약이 없다고 하니 어떻게 해야 하나. 네가 서천서역에 가서 약수를 구해다가 아버지를 살리겠느냐?"

큰딸 하는 말이,

"어머니요, 서천서역에서 약수를 구해 와 사람을 살릴 것 같으면 이 세상에 죽을 사람 하나도 없겠습니다. 그런 그릇된 말 듣지 마시고, 아버지 돌아가시기 전에 나랏일을 어느 딸에게 맡길지 그 걱정이나 하세요. 이 재산과 살림살이, 나라의 책임을 큰딸에게든 작은딸에게든 맡긴다는 그런 의논이나 아버지 살아생전에 하세요."

"오냐, 물러가라. 너 같은 자식 소용없다."

둘째 딸 지상금이를 불러들여,

"지상금이야, 네가 서천서역에 가서 약수를 구해다 너희 아버지를 살리겠느냐?"

"아이고 어머니요, 나는 못 갑니다."

"왜 그러하냐?"

"시집갈 때도 언니한테 뭐든 많이 해 주고 클 때도 맏자식이라고 언니만 많이 해 주더니, 이런 걱정 있을 때는 나를 찾습니까? 나는 못 갑니다."

"오냐, 너도 저리 물러가라."

셋째 딸 불러들여,

"야야, 네가 서천서역에 다녀오겠느냐?"

"아이고 어머니, 나는 못 갑니다. 자식은 여럿이고 남편이 요새 나랏일을 맡아서 의논할 일이 많습니다. 아침저녁으로 가장을 공경해야 하고 아이들은 많고, 이래서 내가 집을 비워 놓고 어디를 못 갑니다."

"오냐, 그만둬라."

넷째 딸 불러들여,

"야야, 네가 서천서역에 가서 약수를 구하겠느냐?"

"나도 못 갑니다."

"왜 그러하냐?"

"나는 시집의 큰 살림을 맡아서 시부모 무서워서 아무렇게나 움직이지를 못합니다."

"오냐, 그만둬라."

다섯째 딸 불러서,

"야야, 네가 서천서역에 갔다 오겠느냐?"

"못 갑니다."

"오냐, 그만둬라."

여섯째 딸을 마저 불러,

"야야, 네가 서천서역에서 약수를 구해 오겠느냐?"

"아이고 어머니요, 나는 못 갑니다."

"어찌 그러하냐?"

"내가 아직 시집간 지 얼마 안 돼, 할 일 안 할 일 분간도 못하고 있는데, 서방하고 정이 들 둥 말 둥 한데 서방 두고서 어디를 갑니까?"

"그만둬라, 이 천하에 몹쓸 자식들아!"

길대부인이 딸들을 쫓아내고서 혼자 앉아 탄식하자니, 칠공주 생각
이 절로 난다.

햇수를 꼽아 보니 십오 년이로구나.
어언간 십오 년이 지나갔구나.
옛날에 핏덩어리 낳아서 포대기에 싸서 갖다 버렸던
그 딸이라도 안 죽고 살아 있더라면
눈먼 자식이 효자 노릇 한다고
서천서역 약수 길어다 아버지를 살렸으려나.

한숨짓고 눈물짓고 가슴을 쿵쾅 치면서,

"우리 대왕님은 아주 영영 죽게 되었구나!"

길대부인이 약사발을 받쳐 들고서 영감 수발을 들러 가니, 대왕이
곧 죽을 듯 뼈와 꺼풀이 맞붙어 있었다. 길대부인이 약을 공양하고서
잠깐 이불을 안고 졸고 있을 적에, 비몽사몽간에 꿈 하나를 꾸었다.
열두 대문을 얼그렁 절그렁 열고서 어떠한 노장 스님이 죽장을 짚고
안으로 썩 들어서더니만,

중전마마 길대부인요.
무슨 잠이 그리도 깊이 들었습니까.
대왕님을 살리려면 십오 년 전에 갖다 버린
칠공주를 찾아오소서.
칠공주를 찾아서 서천서역 약수를 길어 와야지
그 밖에는 아무런 도리가 없습니다.
깜짝 놀라 깨고 보니 꿈이더라.

"꿈도 참 얄궂어라. 이상한 꿈도 다 보겠네."

정신을 차리고 살펴보니 어느새 밤이 깊어 별이 총총했다. 시각은
삼경인데 꿈을 깨고 나니 잠이 오지를 않았다. 밤새 앉아서 꿈도 이상
하다며 이런저런 생각을 할 적에 동쪽 하늘이 차차 밝아 왔다. 길대부
인이 대왕 약을 봉양하고서 시녀 옥장춘이를 불러들여,

"야야, 오늘은 내가 속도 시끄럽고 하니, 산바람도 쐬고 들바람도
쐬고 싶다. 나를 인도하여 들로 산으로, 저 깊은 산중으로 가 보면 좋

겠구나. 나와 함께 구경을 가자꾸나."

"예, 마마님. 그리하시지요."

길대부인의 거동 보아라. 그 꿈을 꾸고 나더니, 방문 출입도 잘 못하고 대문 출입도 안 하던 부인이 제 스스로 시녀를 앞세우고 총총걸음으로 길을 나서서, 산을 넘고 들을 건너 나아가는 것이었다.

옛날에 우리 칠공주 갖다 버리고 돌아올 때에
산천에 갖다 버렸으니 바리데기
내가 갖다 버린 우리 칠공주가 하나 있는데
이 자식이 살아 있다면 십오 세 열다섯 살인데
피도 안 남고 뼈도 안 남고
핏덩어리를 갖다 버렸는데
어떻게 살기를 바라며
그 심심산천 나무숲 바위틈으로
호랑이가 채 가지고 들어갔으니 어찌 해쳤을지
피도 안 남고 뼈도 안 남고 살도 안 남았을 텐데
어디로 간들 만날 것이며 어디로 찾아간단 말인가.
속이 시끄러우니 나는 들바람 산바람이나 쐬러 가련다.

• **죽장**(竹杖) 대지팡이.
• **삼경**(三更) 밤 열한 시에서 새벽 한 시 사이.

야야 내 딸이야, 나는 영영 죽는다

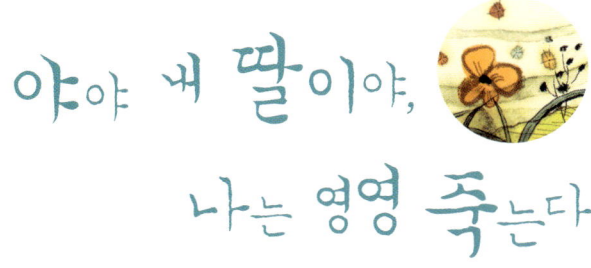

그때에 바리데기는 어찌 되었던가.

길대부인이 바리데기를 산천에 갖다 버리자 산신령이 산만 한 호랑이를 내려보내 굴속으로 데려왔다. 그날부터 산신령이 바리데기를 맡아서 기를 적에, 바리데기가 낮이면 낮 별을 보고 밤이면 이슬을 받고서 병 없이 탈 없이 무럭무럭 자라났다.

바리데기가 다섯 살이 되자, 산신령이 온 산천 이곳저곳을 호위해 다니며 바리데기를 가르쳤다. 한 해 가고, 두 해 가고 십 년을 공부하니 바리데기가 못할 일이 없게 되었다. 세상의 귀한 글을 낱낱이 배워서 세상 이치에 통달하고 농사일, 삯바느질 갖은 일을 다 배웠다.

어느 날 바리데기가 삼강오륜을 배울 적에 '부자유친'이라는 글을 보고서, 산신령인 줄도 모르고 스승에게 물었다.

"선생님요, 부자유친이란 것은 부모와 자식이 친하단 말 아닙니까. 부는 '아비 부(父)', 모는 '어미 모(母)'인데, 나를 낳아 주신 아버지와 어머니는 어디에 계십니까?"

산신령님이 대답하기 곤란해,

"글 배우는 아이가 그런 걸 알아 무엇하리."

"글에 '부자유친'이라 했는데 아들이 있고 딸이 있으면 부모가 있는 법인데, 제 아버지와 어머니는 어디에 계십니까?"

"야야, 내가 가르치는 글만 꼬박꼬박 배우면 어머니도 나타나고 아버지도 만나리라."

이튿날, 바리데기가 아침상을 차려서 선생님께 올리는데,

"야야, 바리데기야. 오늘 내가 너한테 할 말이 하나 있다."

"예, 무슨 말씀입니까?"

"내가 너를 맡아서 십오 년을 가르치고 길렀지만, 오늘 오시에 너와 나는 이별이다."

바리데기가 이별이란 말을 듣고서,

"선생님요, 이게 무슨 말씀입니까. 저는 이 산천에 아버지도 선생님밖에 없고 어머니도 선생님밖에 없고 형제간도 선생님밖에 없는데, 오늘 이별이란 말이, 이게 무슨 말씀입니까?"

• **삼강오륜(三綱五倫)** 유교의 도덕에서 기본이 되는 세 가지의 강령과 다섯 가지의 도리.
• **부자유친(父子有親)** 오륜의 하나로, 아버지와 아들 사이의 도리는 친밀히 사랑하는 데 있음을 말한다.
• **오시(午時)** 오전 열한 시부터 오후 한 시까지. 그 한가운데가 정오(正午), 곧 열두 시다.

"야야, 오늘 오시에 너를 낳은 어머니가 나타난다. 나는 더 가르칠 것이 없고 너는 더 배울 것이 없으니 섭섭하게 생각 마라. 오늘 네가 어머니를 만나리라."

"선생님요, 그 말씀이 정말입니까?"

"오늘 정오에 네가 기다려 보면 알 도리가 있으리라."

그 말을 들으니 선생님이 거짓이 없는 분인데도, 어찌 들으면 사실 같고 어찌 들으면 헛말 같다.

차츰차츰 무정하게 시간이 흘러 오시가 다가올 적에 신령님이 바리데기를 부르더니,

"네 어머니를 만나거든 네가 글공부하던 방 한구석에 놓인 보따리, 늘 풀어 보려고 하는 걸 내가 못하게 했던 그 보따리를 풀어 보거라. 자연히 알 도리가 있으리라."

말을 마치자마자 홀연히 돌개바람이 휙 불더니, 집도 절도 간곳없고 큰 바위에 보따리만 놓여 있고, 바리데기가 심심산중에 홀로 앉아 있었다. 바리데기가 이별이란 말을 듣고 큰 절을 고이 올리고 일어서서 보니 선생님도 간곳없고, 집도 절도 간곳없고, 배우던 책도 자취가 없었다.

바리데기가 무섭고도 슬픈 마음이 들어서,

"우리 선생님이 십오 년 동안 날 길러 주셔서 어머니 아버지와 마찬가지인데 어디로 가셨나!"

서러워하고 한탄하며 앉았을 적에 어디서 바람결에 들리는 소리, 푸른 하늘에 외기러기 울음처럼 소리가 들려온다. 설리 우는 소리가 바람결에 들려온다.

야야, 옛날에 십오 년 전에 포대기에 싸서
저 바위틈에 갖다 버렸던 내 딸
내 딸 바리데기야.
귀신이라도 이 산천에 붙어 있느냐.
좋은 데 다시 태어나 성현 군자 남자 몸 되어
태자 몸 되어 어디에서 나랏일을 맡고 있느냐.
내 딸 바리데기야.
귀신이라도 만나고 혼백이라도 만나고
모녀간에 상봉하자.
내 딸이야.

바리데기가 선생님의 말을 생각하며 가만히 서서, 울면서 오는 부인을 바라다보니 부인이 차츰차츰 바리데기 앞으로 가까이 온다. 바리데기가 부인의 울음소리를 귓가로 멍하니 듣고 서 있을 적에 길대부인이 주춤 서더니 하는 말이,

"야야, 처녀야. 너는 어떠한 처녀이길래, 키도 크고 머리도 길고 얼굴은 일색인 데다 맵시는 물 찬 제비 같구나. 어찌하여 이 심심산천에 보따리를 앞에 두고 절벽 아래에서 우는 얼굴을 하고 있느냐?"

그때에 바리데기가,

"저는 이 산천에 본래부터 살고 있는 사람이지만, 당신은 어떤 부인이길래 '내 딸 바리데기야.' 하며 울고 옵니까, 대체 무슨 일입니까?"

"그런 일이 있었단다. 내가 십오 년 전에 내 딸 바리데기를 갖다가 버렸도다. 그 아이가 여태 살아 있을 리가 없고, 죽었더라도 뼈도 썩고

살도 썩고 피도 썩고 다 없으리라. 오늘 내가 속도 시끄럽고 해서 들바람, 산바람을 쐬려고 이 산천에 와 보니 옛날에 십오 년 전에 아이를 갖다 버렸던 그 일이 생각나서 내 딸 바리데기를 부르며 이렇기 오는 길이다."

"그러면 당신이 우리 어머니입니까?"

길대부인이 이 말을 듣고서,

"야야, 이게 무슨 말이냐? 그럼 네가 십오 년 전에 여기 갖다 버렸던 바리데기 칠공주란 말이냐!"

"십오 년 전에 우리 어머니가 핏덩이인 저를 포대기에 싸서 이 산천 바위틈에 갖다 버렸습니다. 이 산천의 신령님이 저를 받아서 이만큼 길러 주고 가르쳐 주시더니, 오늘 모녀 상봉하리라 말씀하시고서 간 데 온 데 자취가 없습니다."

"야야, 그럼 네가 내 딸이 분명하구나!"

"당신이 그럼 제 어머니입니까?"

서로 부여잡고 이리 뒹굴 저리 뒹굴 방성통곡 울다가, 바리데기가 문득 생각이 나서 신령님이 말씀하셨던 보따리를 풀어 보니 별것이 다 나왔다. 바리데기에게 입히려고 장만한 어린애 저고리가 나오고, 백일에 입히려고 앞섶에 꽃 놓고, 등줄기에 꽃 놓고, 이리저리 용 그림과 북두칠성, 삼태성 수놓은 저고리, 바지, 조끼, 은 조롱과 놋 조롱 조롱조롱 구슬이 다 나왔다. 백공단 포대기와 옷가지를 안팎으로 살피니 길대부인이 직접 써 놓은 '바리데기'라는 이름이 뚜렷이 씌어 있었다. 길대부인이 깜짝 놀라,

"이 글은 십오 년 전에 내가 쓴 글이 분명하다."
　이리저리 어머니와 딸이 안고 만지고 붙잡으며 방성통곡 울 적에,
바리데기가 길대부인의 가슴에 안겨서,

　엄마 엄마 을 엄마요.
　옛날에 젖꼭지도 못 물어 보고 젖도 한 모금 빨아 보지도 못하고.
　젖도 빨아 보고 양쪽 젖도 만져 보고
　엄마 가슴도 안아 보고 허리도 안아 보고 치마폭에 싸여도 보고
　이리 뒹굴 저리 뒹w, 어머니한테 업혀 보고 안겨도 보고
　엄마 엄마 을 엄마요.
　한 많고 원 많은 정으로 젖꼭지 물고 쭉쭉 빨아도 보고.

그때에 어머니는 딸을 진정시키고 딸은 어머니를 진정시키고서,

"야야, 내 딸이야, 네가 진정 안 죽고 살아 있었구나. 어서 가고 바
삐 가자. 집으로 가자, 내 딸이야."

바리데기가 어머니 손목을 부여잡고서 궁으로 올 적에, 옷가지와 포
대기는 보따리에 도로 싸서 옥장춘이가 안고 충충거리며 옛집으로 돌
아오는 것이었다.

그날 밤, 바리데기가 옷을 깨끗이 입고 머리를 곱게 빗고서 아버지한테 인사차 들어가,

"불효 소녀, 문안드리옵니다."

큰 절을 고이 드리고서 아버지 모습을 살펴보니, 뼈와 거죽이 서로 붙어 오늘 가실지 내일 가실지 숨만 겨우 붙어 있었다.

그때에 바리데기가 인사를 드리니 대왕이 누워서 대답하는 말이,

"어떠한 처녀이길래 이리 문안한단 말이냐?"

길대부인이 하는 말이,

"대왕님요. 십오 년 전에 갖다 버린 바리데기 칠공주, 우리 딸아이가 안 죽고 살아왔습니다."

그러자 대왕님이, 안아 일으키고 안아 눕히던 양반이, 그 말 듣고 깜짝 놀라 땅을 치면서 벌떡 일어나 앉는다. 벌떡 일어나더니 바리데기를 부여잡고, 부녀간에 목을 안고서 방성통곡 설리 운다.

내 딸이야, 내 딸이야.
네가 안 죽고 살아 있다니 이것이 웬 말이냐.
야야 내 딸이야, 나는 너를 갖다 버리라고 한 그 죄를 받아서
십오 년 동안 병이 들어서
나는 인제 이 병 이기지 못하고, 야야 영영 죽는다.
야야 내 딸이야, 너희 언니 여섯을 믿지 말고
아들자식 없는 불쌍한 너희 어머니를
네가 아들 겸 딸 겸해서 너희 어머니를 불쌍케 여기고 모셔라.
나는 오늘 죽을지 내일 죽을지 언제 죽을지 모르겠구나.

바리데기가 이 말을 듣고서,

"아버지요, 아버지요. 사람이 병든다고 다 죽으며, 병든다고 다 잘못됩니까. 죽을 날 밑에 살날이 있지요. 조금도 걱정 마소서, 아버지."

앉아 있는 아버지를 모셔서 뉘어 놓고,

"아버지요, 아무 걱정 말고서 약이나 맘 편안히 잡수소서."

바리데기가 아버지를 고이 눕혀 드리고 돌아 나와서, 어머니와 십오 년간 그리던 사연으로 서로 마주한다.

"야야, 내 딸이야. 십오 년 동안 산천에서 얼마나 고생을 했더냐. 내 딸이야."

이리도 쓰다듬고 저리도 쓰다듬고 귀한 마음을 못 이겨 모녀가 서로 하소연하듯 이야기할 적에, 동생이 살아왔다고 하니까 언니 여섯이 다 모여들었다. 다 모여서 형제간에 서로 그리던 정, 갖은 사연을 나눈 뒤 언니들은 시댁으로 돌아가고 길대부인 바리데기 모녀가 마주 앉으니, 못할 말이 있을까. 이리저리 얘기할 적에 길대부인이 말하기를,

"야야, 바리데기야. 너희 아버지 병환은 인간 세상에는 약이 없고, 서천서역에서 약수를 구해 와야 나을 수 있다는구나. 그 말을 듣고서 너희 언니 여섯을 다 불러서 약수를 구하러 가겠느냐고 물어봐도 아무도 가겠다는 사람이 없더라. 다들 못 간다고 하니 너희 아버지는 병을 이기지 못하고 이 길로 황천객이 되리로다."

• 황천객(黃泉客) 저승으로 간 나그네, 즉 죽은 사람.

바리데기가 이 말을 듣더니마는,

"어머니, 걱정 마세요. 병든다고 다 죽더이까. 어머요, 저에게 남자 옷 한 벌만 차려 주세요. 바지저고리 한 벌 지어 주세요."

"야야, 뭐하려고 그러느냐?"

"서천서역 가서 약수를 구해다 아버지를 살려야지요. 제가 처녀 몸으로 갈 수 없으니, 남자 옷을 입고 총각 행세 하며 다녀오겠습니다."

"야야, 내 딸이야. 말은 고맙고 정성이 대단하다만 어린 네가 서천서역이 어디라고 찾아가며, 십오 년이나 산천에서 고생하던 너를 내가 또 어디로 보내랴. 야야, 못한다."

"어머니요, 그런 말 마소서. 목련존자는 수천 리 땅굴을 파고 들어가서 지왕님 앞에 나타나 지옥에 갇힌 어머니를 천상으로 환생시켰습니다. 소녀가 그만큼은 못할지라도 부모에게 할 만치는 해 봐야 하지 않겠습니까."

"오냐, 내 딸이야. 네 말이 너무나 기특하구나."

어찌나 조르는지 못 들은 척할 수 없어 길대부인이 남자 옷을 지어 주니, 바리데기가 어머니와 병석에 있는 아버지에게 하직 인사를 한다.

아버지요, 아버지요.
며칠 안으로 제가 약수를 구해 와서
아버지를 살릴 테니 걱정 마소서.
야야 내 딸이야, 어린 게 어디를 간단 말이냐.
아버지가 병중에서도 호령을 하니
아버지 그런 말 마소서.

제 걱정은 추호도 하지 마소서.
제가 꼭 아버지를 살리겠습니다
아버지 말도 안 듣고 하직하고서
서천서역으로 떠나간다.

그때에 길대부인과 오구대왕의 거동
보아라. 어린 딸자식이 우기고 떠나가니
붙잡지도 못하고 눈물로만 작별하는 것
이었다.

• **목련존자**(木蓮尊者) 불경에 나오는 성인. 아귀 지옥에 갇힌 어머니를 구해 낸 것으로 유명하다.
• **지왕님** 땅속에 깃든 신. 여기서는 지옥을 관장하는 시왕을 뜻한다.

나자마자 버린 자식, 네가 바리데기로구나

동화 속 헨젤과 그레텔은 깊은 숲 속에 버려집니다. 백설공주도 마찬가지이지요.
심지어 《바리데기》는 친부모가 제 자식을 내다 버린 이야기입니다. 이야기를 꾸미는
작은 조각들을 화소(話素, 모티프)라고 하는데, 이처럼 자식을 버리는 기아(棄兒)
화소가 동화, 옛이야기, 신화에 자주 등장하는 이유가 무엇인지 그 주인공들에게
물어보았습니다.

그리스 신화 최고의 신, 제우스

아버지 크로노스는 자식들 중 한 명이 왕위를 빼앗을 거
라는 신탁(신의 뜻을 나타내는 일)을 받고 형들이 태어날 때
마다 삼켜 버렸죠. 어머니는 나를 살리기 위해 나 대신 돌
덩이를 포대기에 싸서 아버지에게 주었답니다. 부모와 자
식은 세상에서 가장 가까운 존재이지만 그만큼 서로에 대
한 기대와 실망도 클 수밖에 없어요. 큰 기대가 실망으로
바뀔 때 불만과 분노가 생기는데, 이런 심리가 자식을 버
리는 이야기 모티프로 표현된 것이 아닐까요? 특히 신화에
는 이런 인간의 원형적 심리가 강하게 드러나는 법이지요.

제주의 마을신, 궤네깃또

난 버릇이 없다는 이유로 버려졌어요. 우리나라의 무속 신
화에도 부모한테 버림받는 자식들이 많이 등장합니다. 〈칠
성풀이〉의 일곱 쌍둥이는 아버지한테 미움을 받아 어릴 때
버려지고 〈삼공본풀이〉의 감은장애기나 〈제석본풀이〉의 당
금애기는 부모의 노여움을 사서 집에서 쫓겨나죠. 영웅 소
설에 등장하는 유충렬, 소대성, 숙향, 홍계월 등도 마찬가지
예요. 그러니 버려지면서 겪는 분리의 과정은 영웅이 되기
위해 꼭 필요한 요소라고 볼 수 있지 않을까요?

이스라엘의 종교 지도자, 모세

고대 이집트의 파라오 왕이 어린이들을 모두 죽이라고 명령했을 때 이를 피하기 위해 제가 나일 강에 버려진 이야기는 유명합니다. 부모에게 버림받는 것은 '홀로 서기'를 의미하죠. 독립해서 스스로 설 수 있어야 사람은 비로소 어른이 되는 것 같아요. 부모에게 버림받고 세상에 홀로 던져진 신화 속 주인공들이 역경을 이겨 낼 때, 자신의 삶을 실현함은 물론 다른 사람들에게도 희망이 될 수 있겠지요.

석씨의 시조이자 신라 4대 왕, 석탈해

부모가 자식을 버리는 이유는 다양합니다. 나는 알에서 태어나 불길한 운을 타고났다는 이유로 강물에 버려졌습니다. 바리데기는 딸이라는 이유로 버려졌는데, 이를 보면 〈바리데기〉는 딸보다 아들을 선호하는 남아 선호 사상이 극단적으로 발현된 이야기가 아닌가 싶습니다.

죽음을 관장하는 오구신, 바리데기

물론 제 이야기가 남아 선호 사상을 배경으로 하고 있는 것은 사실입니다. 하지만 〈바리데기〉는 남아 선호 사상을 조장하는 신화는 아니랍니다. 오히려 반대로 이를 부정하고 극복하는 이야기이지요. 아버지가 나를 버리고 죽을병에 걸린 것은 하늘의 벌을 받은 것이나 마찬가지입니다. 그리고 버려진 딸이 자신을 버린 부모를 구원한다는 부분에서 남아 선호 사상은 다시 한 번 깨지죠. 〈바리데기〉는 남아 선호 사상을 반영하는 한편, 그것을 극복하고자 하는 신화라고 볼 수 있어요.

갑자기 저 종을 쳐 보고 싶다

바리데기 거동 보아라. 하루 가고, 이틀 가고, 사흘 가는데 남자 옷을 차려입고 총총걸음으로 떠나가는데, 밤이 되면 사람 안 사는 곳에서 자다가 가고, 날이 저물면 가랑잎 속에서 자고도 가고, 바위틈에 끼여 앉아 졸고도 갔다. 가다가 배고프면 나무 열매를 따 먹고 솔잎도 끊어서 씹어 먹었다.

바리데기가 한 곳에 다다르니, 한밤중인데도 수목이 어찌나 우거지고 잦아졌던지 하늘의 별이 보일 듯 말 듯 했다. 바리데기가 바위틈에 꿇어앉아서 꾸벅꾸벅 졸다가 깨어 소나무 가지 사이로 가만히 건너다보니 멀리 산 아래에서 조그마한 불빛이 아른아른 비쳤다. 밤에는 어디든 불 켜진 곳을 찾아가는 법이라서 바리데기가 소나무 가지 밑으로 살살 기어서 불빛 있는 곳을 찾아가는데, 거리가 훤칠하게 멀기도 했다.

나뭇가지 밑으로 가다가 미끄러져 자빠지기도 하고, 가시밭에 채여서 엎어지기도 했다. 얼마나 고생을 했는지 가랑이가 삽살개 털 모양으로 다 해졌다. 고운 손발이 온 나무에 긁히고 가시에 찔려서 형편없이 되었다.

바리데기가 불이 빤하게 보이는 그곳에 당도할 적에, 어찌나 높이 쌓았는지 돌담장은 훌쩍 높고, 큰 미음(ㅁ) 자 모양의 기와집 대문이 꽁꽁 잠겨 있었다. 대문 위에 무어라고 현판을 써 붙여 놓았는데, 우중충한 달빛 아래에서 올려다보니 여덟 팔(八), 만날 봉(逢), 절 사(寺), '팔봉사(八逢寺)'라 씌어 있었다.

그 절에 스님이 육십여 명으로, 과연 큰 절인데 대문을 덜컥 잠가 놓았으니 어디로든 열고 들어갈 수가 없었다. 때는 깊은 밤중이라 사람을 깨울 수도 없고 이리저리 돌아다니다 보니 밤나무 가지 하나가 높다란 담장 너머로 척 휘늘어져 있었다.

바리데기가 심심산천에서 십오 년을 자랐으니 나무 타는 재주는 얼마나 좋으며, 돌 위에서는 얼마나 잘 뛸까. 밤나무 가지를 수월하게 훌쩍 타고 올라가서 큰 담장을 넘어서 펄쩍 뛰고 보니 팔봉사 절 마당이었다. 법당에는 향불이 아직 안 꺼져서 향내가 미묘하고 부엌에는 공양미 지은 밥에서 아직 김이 나는데, 육십여 명 스님들이 전부 깊은 잠이 들어서 쿨쿨 자는 중이었다.

그 절에는 큰 종이 하나 달려 있었는데, 그때 바리데기가 갑자기 그 종을 쳐 보고 싶었다. 바리데기가 종 채를 들고서 한 대를 때리자 종

소리가 인경 소리와 같이 띵 울려 퍼졌다. 바리데기가 종 채를 놓고서 우당우당 숨을 적에 스님들이 종소리를 듣고서 잠에서 깨어났다. 새벽이면 종을 치고 아침이면 서른세 번, 저녁이면 스물여덟 번 종을 치는데 난데없는 종소리에 새벽 종소리인 줄 알고 스님들이 우당우당 뛰어 온 것이었다. 나와 보니 한밤중이라, 아직 종 칠 시간도 멀고 날 샐 시간도 멀었는데, 어느 스님이 종을 쳤는지 알 수가 없었다. 물어도 종을 친 사람이 없으니,

"이게 귀신이 그랬는가 사람이 그랬는가, 아니면 짐승이 그랬단 말인가. 전에 없던 일이, 난데없이 이런 일이 생기는가."

스님들이 웅성웅성하다 들어가서 비몽사몽간에 다시 잠이 들었는데, 바리데기가 법당 뒤에 숨어 있다가 나와서 또 한 번 종을 쾅쾅 때렸다. 종 치는 소리에 스님들이 놀라서,

"이걸 어쩌나!"

야단을 떨 적에 바리데기는 갈 데 올 데 없어 대웅전 법당 안에, 부처님 앉아 계시는 그 밑에 들어가 숨어서 몸을 벌벌 떨었다. 스님들이 다 깼으니 붙잡히면 맞아 죽는다고 겁을 내며 벌벌 떨고 있었다.

그때에 스님들이 횃불을 들고 마당에 장작불을 피우고서 온 절을 사방으로 구석구석 뒤져 봐도 다만 불경만 있을 뿐, 사람도 없고 길짐승도 없고 날짐승도 없었다. 어찌 된 일인가 산지사방 뒤져 보라고 주지 스님이 명령할 제, 온 곳을 다 뒤져 부처님 밑의 장막을 들추어 보니 어떤 총각 하나가 벌벌 떨고 있었다.

스님들이 깜짝 놀라서,

"여기 무엇이 하나, 짐승인 듯 사람인 듯 귀신인 듯 무엇이 있습니다."

스님들이 팔만대장경을 읽으며 염불을 모실 적에, 귀신이면 쫓겨 가고 사람이면 무사할 텐데 팔만대장경을 다 읽도록 쫓겨 가지 않고 그냥 앉아 있었다.

"사람이냐, 귀신이냐?"

"예, 저는 사람입니다."

음성과 모습이 사람이 분명하니 그제야 젊은 스님들이 사람으로 알고서 막 끌어냈다. 그러고는 바리데기의 몸을 짓누르며 마구 소리를 지를 적에, 주지 스님이 호령을 한다.

"웬 놈이냐! 너는 어찌 여기에 왔으며, 이 사단이 웬일이냐!"

그러자 바리데기가 말하기를,

"사실 저는 불라국 오구대왕의 일곱째 아들입니다. 깊은 밤중에 길을 가다가 불빛을 보고 찾아와서 이 절 담장을 넘었는데, 갑자기 종이 치고 싶어서 스님들을 깨웠으니 죄송합니다."

그러자 그 절에 있던 스님 육십여 명이 그 자리에 모두 꿇어 엎드려 고개를 숙이고 절을 하는 것이었다.

"공주님요, 칠공주님요. 공주님 납시었습니까?"

바리데기가 꿇어앉아,

"제가 일곱째 아들이라 했는데 칠공주인 줄 어찌 아셨습니까? 스님

• 인경 절에서 시각을 정해 치는 종. 평상시에는 아침에 서른세 번, 낮에 열두 번, 저녁에 스물여덟 번을 친다.

들, 이게 무슨 말씀입니까?"

"공주님요, 이 절의 종은 공주님 낳으려고 오구대왕님 명으로 단 것입니다. 이 절에 육십 명 우리 중생이 먹는 양식도 공주님 덕이고, 옷이며 잠자리며 전부 공주님 덕택입니다. 공주님이 오구대왕님 살리려고 떠나시는데, 아무쪼록 서천서역 약수를 구하여 대왕님 살려 주십사 하고 우리가 석 달 열흘, 백일기도를 엊저녁에 마쳤습니다. 공주님 오신 줄도 모르고 마중을 못 나가서 죄송합니다."

칠공주가 그제서야 속임 없이,

"예, 여러 스님들. 모두 일어서세요."

가까이 다가가서 스님들을 일으켜 세우고 이 말 저 말, 말씀을 나눌 적에 동쪽 하늘이 밝아 왔다.

바리데기가 다시 길을 떠나려고 하니 스님들이 나서면서 아침을 권했다.

"공주님요, 백일기도 올린 아침 공양이나 들고 가십시오."

"제가 여기 와서 공도 안 들였는데 어찌 공양을 들고 가겠습니까?"

"이게 전부 공주님 덕택이니 공양을 들고 가십시오."

자꾸만 청하니, 바리데기가 잠시 밥 몇 숟가락을 뜨고서 여러 스님과 하직하고 서천서역으로 향하는 것이었다.

검은 빨래 희게 빨고
흰 빨래 검게 빨아

바리데기가 얼마만큼 갔는지 몇 날 며칠, 몇 달을 걸어서 한 곳에 다다르니 어떤 백발노인이 소에게 쟁기를 끌게 하여 백여 마지기나 되는 큰 밭을 갈고 있었다.

"할아버지요, 백발 할아버지요. 서천서역으로 가려면 어느 길로 가야 합니까?"

그러자 그 노인 하는 말이,

"야야, 내가 너르나 너른 밭을 갈기도 바쁜데, 너한테 서천서역 가는 길을 가르쳐 줄 시간이 어디 있겠나?"

"할아버지요, 그러면 제가 그 밭을 갈아 드리겠습니다."

"오냐, 네가 이 밭을 갈아 주면 서천서역 가는 길을 가르쳐 주마."

바리데기가 평소에 안 하던 밭을 갈겠다고 쟁기 끄는 소를 밭고랑으로 데려 가는데, 바리데기 힘은 약하고 소의 힘은 세니 앞으로 마구 끌려갔다. 바리데기가 소도, 무거운 쟁기도 이기지 못하는지라 그럭저 럭 한 고랑, 기나긴 고랑을 갈고는 갔으나 돌아서 오기가 막연했다.

소는 힘이 세서 이리저리 끌고 내달리고
무거운 쟁기는 들고 움직이지도 못하고
바리데기가 기가 차서 울기 시작한다.
백 마지기나 되는 밭을 언제나 갈고서
서천서역 길을 물어서 가겠나.
바리데기가 울고 서 있을 제, 갑자기 북쪽 하늘에서
오색구름이 모여들고 돌개바람이 휙 불더니마는
그 바람 속에 구름 속에
무슨 짐승인지 짐승들 수백 마리가 떼를 지어

● **마지기** 논밭의 넓이를 세는 단위로 밭 한 마지기는 약 삼백삼십 제곱미터 정도이다.

들이들이 닥쳐들고 날뛰어 온다.

바리데기가 놀라서 그 앞에 가서 보니

말만 한 짐승들이 먼지를 날리며 뛰어오더니

바리데기가 갈던 밭을 휙 지나갔다가 휙 돌아서서 오고 나니

어느새 너른 밭이 다 갈려 있다.

그게 무슨 짐승이던가. 하늘에서 땅 두더지를 내려보내서 땅을 뒤집게 하니, 백 마지기 너른 밭이 전부 다 갈렸다. 할아버지가 이쪽에 앉아서 살펴보니 짐승들은 가 버리고 바리데기가 썩 나서면서,

"할아버지요, 밭을 다 갈아 놨습니다."

"오냐, 야야. 그 밭을 다 갈았으니 서천서역 가는 길을 내가 가르쳐 주마. 저 건너 산을 넘고 너른 들을 지나 높은 산을 넘어가면, 서천서역 가는 길이 나오니 그리로 찾아가거라."

바리데기가 그 말만 듣고서 너른 들을 지나고 높은 산을 넘어서 나아갈 적에, 또 길이 갈라지고 산이 가로막는데 어느 길로 가야 할지 알 수가 없었다.

바리데기가 방황할 적에, 머리가 하얀 할머니가 냇가에서 우당퉁탕 빨래를 하는 게 아닌가. 다른 사람은 보이지 않고 할머니밖에 없으니 그리로 가서 묻기를,

"할머니요, 서천서역으로 가려면 어디로 가야 합니까?"

"내가 이 빨래를 하기도 바쁜데 언제 네게 길을 가르쳐 주겠나? 빨래하기 바빠서 나는 못 가르쳐 준다."

"할머니요, 동지섣달 설한풍에 얼음을 깨서 빨래를 하시니 손이 시려 어찌하겠습니까? 제가 빨래를 해 드릴게요."

"오냐, 네가 이 빨래를 다 해 주면 내 몸 녹이고서 네게 길을 가르쳐 주마."

이때에 바리데기가 빨래를 하는데, 그 모양이 이러했다.

돌을 쪼아 얼음을 깨고서 빨래를 넣는다.

빨래를 하는데 검은 빨래는 희게 씻고

흰 빨래는 검은색이 나게 씻어야 한다.

너무도 어렵고 너무도 어렵구나.

검은 빨래는 알뜰히 씻으니 희어지는데

흰 빨래를 어찌 검은색이 나도록 씻나.

바리데기가 희게 씻으란 빨래 한 통을 씻어 놓고

검게 씻으란 빨래를 씻는데,

아무리 씻어 봐도 빨래가 희어지지 검어지지를 않는다.

손은 시린데, 이리 치켜 보고 저리 내려 보고

온갖 흙을 묻히고 이것저것 더러운 걸 묻히니

빨래가 차츰 검어지기 시작한다.

고생을 하면서 빨래를 한없이 씻다 보니

얼마나 했던지 흰 빨래가 거뭇거뭇해지는구나.

* 설한풍(雪寒風) 눈이 내릴 때 휘몰아치는 차고 매서운 바람.

바리데기가 빨래를 다 해 놓고 양지쪽에서 졸고 있는 할머니한테 다가가 보니, 할머니 머리와 옷에 굵은 이들이 버글버글 기어 다니고 있었다. 바리데기가 그 이를 잡아 줄 적에, 머리에 있는 이도 잡고 옷에 있는 이도 잡아 주었는데, 그래도 이가 얼마나 많이 기어 나오는지 그걸 다 잡아 주고 서캐까지 훑어 내 없애 주었다.

할머니가 시원해서 코를 골며 단잠을 자고 일어나 기지개를 켜더니,

"야야, 네가 빨래를 다 했구나."

"예, 할머니. 빨래도 다 하고 할머니 몸의 이도 제가 다 잡았습니다."

바리데기가 대답하니,

"야야, 기특하다. 서천서역 가는 길은 내가 가르쳐 주마. 저 높은 산을 지나 열두 고개를 넘어서 유수강을 건너면 세 갈래 길이 나타나는데, 오른쪽 길은 극락 가는 길이고, 왼쪽은 지옥 가는 길, 가운데 길은 서천서역 가는 길이로다. 네가 글을 배웠으니 푯말을 보고 찾아가거라."

"예, 할머니. 고맙습니다."

하직하고 떠나면서 돌아보니, 할머니는 어느새 흔적이 간데온데없다.

그 할머니가 어떠한 할머니였던가. 천태산 마고할미가 바리데기 마음 떠보려고, 서천서역 가는 길이 아무리 힘들어도 바리데기가 가는

● **서캐** 이의 알.
● **유수강** 이승과 저승 사이에 가로놓인 강의 이름.
● **마고할미** 신화와 전설에 나오는 신이(神異)한 할머니로, 몸집이 크다. 세상의 창조에도 관여했다고 전한다.

지 떠보려고 내려온 것이었다.

그때에 바리데기가 산을 넘어 열두 고개를 지나가는데, 이 고개 저 고개 많기도 많다.

노인 죽어 짝지고개 할머니 죽어 망령고개

총각 죽어 몽달고개 처녀 죽어 보따리고개

시아버지 죽어 호령고개 시어머니 죽어 잔소리고개

아들 죽어 유세고개 손자 죽어 사랑고개

며느리 죽어 조실고개 사위 죽어 도둑놈고개

그 고개를 다 넘어가니

나무 많아 청산고개 돌이 많아 돌산고개

그 고개를 다 넘어가니

눈이 왔다 백두고개 비가 왔다 개골고개

그 고개를 다 넘어가니

꽃이 피었다 화초고개 잎이 피었다 방초고개

그 고개를 다 넘어서 간다.

서천서역 동대산
동대청의 동수자야

바리데기가 열두 고개를 넘어서 유수강에 다다르니 앉아서 보면 천리요, 서서 보면 만 리였다. 어이해서 건널까 방황할 적에, 배 한 척이 다가왔다. 그 배를 타고서 유수강을 건너니 세 갈래 길에 나무 푯말이 있는데 오른쪽 길은 극락 가는 길이고, 왼쪽 길은 지옥 가는 길, 가운데 길은 서천서역 가는 길이라 씌어 있었다. 바리데기가 가운데 길로 접어들어 서천서역을 찾아갈 적에 어디선가 낯선 말소리가 들려왔다.

"저기 가는 바리데기야, 칠공주 바리데기야."

바리데기가 놀라서 바라보니 큰 억석바위 꼭대기에서 백발노인이 자기를 불렀다.

"오구대왕 막내딸 바리데기야, 네가 서천서역 약수 구하러 가는 길이로구나."

"예, 제가 아버지 살리려고 약수를 구하러 가는 길입니다."

"그러면 동대산 동대청의 동수자를 찾아가거라. 동수자를 만나야 약수를 구한다."

말을 마치더니 백발노인은 간데온데없이 사라졌다. 바리데기가 이 말을 반겨 듣고서 동대산 동대청을 찾아가는데, 어찌나 고생스럽던지 몇 날 며칠을 헤매면서 동대산으로 향했다.

동대산 동수자는 본래 천상(天上) 사람이었다. 그런데 죄를 짓고 아래 세상으로 내려와서 삼십 년 동안 서천서역 약수탕의 약수를 맡아서 지키게 되었다. 인간 세상에서 칠공주를 만나서 아들 삼 형제를 보아야만 삼십 년 죄를 씻고 하늘로 돌아갈 수 있었다.

동수자가 서천서역 약수탕에 와서 삼십 년 고생을 할 적에 하루는 천상에서 이르기를,

"수자, 수자, 동수자야. 내일은 인간 세상에서 네 평생의 배필이 찾아올 것이다. 그 배필을 만나 아들 삼 형제를 보면 삼십 년 죄를 면하고 하늘로 오르리라."

알 듯 말 듯 이렇게 말하는 것이었다.

그때에 바리데기가 한 곳에 다다르니, 산 이름은 '동대산'이라 써 있는데 동대청은 어디이고 동수자는 누구인지 알 수가 없다. 다만 길이 한복판에 외길밖에 없는지라 그 길을 따라서 더듬더듬 찾아갔다.

동수자가 천상에서 이른 말을 반겨 듣고 배필이 찾아오기를 종일토록 기다릴 적에, 날이 저물어 해가 설핏설핏 서산에 기우는데 갑자기 인기척이 들리더니만 총각 하나가 찾아들었다. 동수자는 정신을 놓고

바라보는데 바리데기는 사람 자취가 있으니 얼마나 반가운지,

"여보시오, 내가 글을 보니 이 산이 동대산인데, 동대청은 어디이며 어디로 가야 동수자를 만납니까?"

"예, 여기가 동대산이고 동대청은 내가 사는 집이며, 내가 바로 동수자입니다. 어찌 찾습니까?"

동수자가 대답하자 바리데기가 반기면서,

"나는 인간 세상 불라국 오구대왕의 막내아들입니다. 아버지가 병으로 십오 년이나 고생하고 계시는데, 동대산 동대청의 동수자를 만나서 서천서역 약수를 구하여 아버지를 살리려고 이렇게 와서 묻는 길입니다."

"예, 그러면 나를 찾아온 손님이니까 내가 인도하지요. 따라오세요."

동수자는 앞서고 바리데기는 그 뒤를 따라 동대청을 찾아갔다. 동대청은 동수자가 사는 집인데 다른 이는 아무도 없고 동수자만 혼자서 쓸쓸히 살고 있었다. 바리데기가 동대청에 들어가 앉았을 적에, 해가 설핏 기울도록 배를 곯고 오는 길이라 얼마나 시장할까.

그때에 동수자가 말하기를,

"여보시오, 불라국에서 온 총각요. 여기까지 찾아오느라 배도 고플 텐데 내가 밥을 지어 오리다."

부엌에 가더니 저녁밥을 턱 지어 내오는데, 산속 살림이 오죽할까. 반찬이라 해 봐야 절과 마찬가지로 산나물밖에 없는데, 이 나물 저 나물을 얼마나 맛있게 잘해 왔는지 바리데기가 배불리 먹었다. 물은 또 얼마나 마셨던지 밤새도록 오줌을 누러 들락거릴 판이었다.

그때에 동수자가 생각하기를,

'어제 듣기로는 오늘 인간 세상에서 백년 배필이 온다고 하더니 나와 같은 총각이 왔으니, 이것 참 희한한 일이로다. 꿈도 안 맞고 아무것도 안 맞는구나.'

동수자는 짜증이 나고 신경질이 났다.

그날 밤에 동수자가 바리데기와 마주 앉아 인사를 나누는데,

"총각, 장기 둘 줄 압니까?"

"예, 좀 배웠습니다."

장기를 놓는데 열 판을 두고 스무 판을 둬도 동수자가 바리데기한테 도저히 당할 수가 없었다. 동수자가 여남은 판을 지고 나서 바둑을 놓자고 하는데, 바둑을 두어 봐도 바리데기 수에는 이길 수가 없었다. 그 수가 산신령한테 배운 것이니 오죽할까.

어느덧 깜깜한 밤이 되자 동수자가,

"이제 우리 잡시다."

옷을 훌렁훌렁 벗고 속옷만 입고서 척 누웠다. 참나무 장작을 때서 방이 얼마나 뜨거운지 옷을 훌렁 벗고서,

"불라국에서 온 총각도 옷을 벗고 편한 대로 자구려."

바리데기가 가만 생각하니 옷을 벗으면 젖가슴이 드러나고 여자라는 것이 발각될까 싶어서,

"동수자 님, 나는 옷을 벗으면 잠이 안 오기 때문에 우리 집에서도 옷끈을 바짝바짝 졸라매고 잠을 잡니다."

그러고서 누웠는데 밤이 깊어지자 오줌이 자꾸만 마려웠다.

그때에 동수자가 하는 말이,

"여보시오, 총각요. 여기는 산천에 호랑이도 많고 온갖 짐승이 많기 때문에 밖에 잘못 나가면 큰일납니다. 대변은 몰라도 소변은 방에서 보아야 합니다. 잘못하면 짐승한테 큰 화를 당합니다."

방에서 오줌을 누어도 남자 같으면 그냥 꿇어앉아서 몸을 세우고 누지만, 여자의 몸인지라 요강에 올라앉아야 하니 이 일을 어찌하나. 어떻게 하면 여자 표시를 안 낼까, 이리저리 궁리하느라 바리데기는 걱정이 태산 같았다. 배고프던 차에 짠 반찬과 물을 얼마나 먹었던지, 동지섣달 기나긴 밤에 오줌을 누러 밤새도록 몇 번을 들락거렸는지 알 수가 없었다.

그리저리하던 중 동쪽 하늘이 밝아 오자 동수자가 나가서 주섬주섬 아침 식사를 차려 왔다. 둘이 마주 앉아서 아침밥을 맛있게 먹은 뒤에 바리데기 하는 말이,

"동수자 님, 나한테 약수탕을 가르쳐 주세요. 날이 샜으니 어서 약수탕을 찾아갑시다."

그러자 동수자 하는 말이,

"여보시오, 불라국에서 온 총각요. 먼 길을 오다 보니 몸도 피곤하고 목욕도 못해서 먼지가 많이 앉았겠지요. 약수탕이라고 하는 데는 마음으로 약수를 구하는 곳이라서 더러운 몸으로 가면 약수를 못 구하는 법이니 먼저 목욕을 하고 갑시다. 저 위로 가면 산에서 천 길을 흘러나오는 약수 목욕탕이 있으니 그리로 가서 몸을 깨끗이 씻읍시다."

이때 바리데기가 깜짝 놀라서,

'목욕을 하려고 옷을 벗으면 여자인 게 드러날 텐데 이 일을 어쩌나!'

몸이 저절로 벌벌 떨리고 얼굴빛이 변할 적에 동수자가 그 모양을 보고서,

'저 사람이 왜 저리 깜짝 놀라는가?'

의아했지만 알 도리가 전혀 없었다.

"여보시오, 불라국 총각요. 목욕탕에 가면 위는 남탕이고 아래는 여탕인데, 나는 위 탕으로 갈 테니 당신은 아래 탕으로 가세요. 그 탕이 혼자서 목욕하기 좋으니 서로 갈라서 들어갑시다."

바리데기가 위 탕과 아래 탕이 떨어져 있다는 말을 듣고서 얼마나 좋은지,

"예, 그리합시다."

대답할 적에, 얼굴에 기쁜 빛이 가득했다.

목욕탕을 찾아가서 동수자는 옷을 훌렁 벗고 남탕으로 들어가고, 바리데기는 아래 탕에 가서 옷을 벗다가 가만히 위 탕을 살폈다. 살펴보니 동수자가 옷을 벗고 물에 들어가 몸을 푹 담그고 있었다.

바리데기가 돌아서서 옷을 마저 벗으려고 할 적에 아래 탕에 사르르 안개가 끼었다. 바리데기가 안개 속에서 옷을 다 벗고 물에 훌쩍 뛰어 들어가 몸을 담그고 생각하기를,

'내가 이제 여기서 목욕을 하고 깨끗한 몸으로 나가면 약수를 구해 돌아가서 우리 아버지를 살리겠구나.'

가벼운 마음으로 몸을 이리저리 우르르 씻을 적에, 동수자의 거동 보아라. 몸에 물을 슬쩍 적시고서 후닥닥 나오더니 옷을 걸쳐 입고 아

래로 내려와 바리데기가 벗어 놓은 옷을 주섬주섬 걷어 가지고 물러
서는 것이었다.

바리데기가 목욕을 다 하고 나서 보니 옷이 보이지 않았다. 그때 안
개가 사르르 걷히는데, 한쪽을 살펴보니 동수자가 바리데기 옷을 안
고서 바위에 앉아 있다.

수자 수자 동수자요, 내 옷 주소.

내 옷 주소, 내 옷 주소, 내 옷 주소!

그때에 동수자가

같은 남자끼리 뭐가 그리 무안하고 부끄럽습니까.

여기 와서 옷 입으소.

목욕했거든 여기 와서 몸 말리고 옷 입으소.

아이고 내가 남자가 아니고 처녀 몸인데

어디로 내가 옷을 벗고 갑니까.

그러면 그렇지, 내가 어제 저녁에 아무리 봐도

손발이고 말씨고 행동을 봐도 처녀가 분명한데

어찌 그리 당신이 나를 속입니까.

동수자 님, 빨리 내 옷 주소, 내 옷 주소.

나는 그 옷 없으면 가지도 오지도 못합니다.

옷은 드리겠지마는 옷 주는 데 조건이 있습니다.

조건은 무슨 조건입니까?

나하고 백 년 부부가 되기로 약속을 하고

나 사는 집으로 돌아가서 결혼식을 올린다면

이 자리에서 옷을 주리다.

이때 바리데기가 그 말을 안 들으면 옷을 못 입을 테고

들으면 부부 사이가 돼야 할 터인데 이 일을 어떡하나.

옷을 안 입을 수는 없으니 엎드려서

예, 옷 주시오.

당신 말대로 부부간 약속을 하겠습니다.

그제서야 동수자가 옷을 건네주어 입게 하고서,

"우리 언약한 대로 집으로 돌아가 결혼합시다."

약수탕에 간다더니 집으로 돌아와서 혼례를 치른다. 손을 잡고 동 대청으로 돌아와서 찬물을 떠 놓고 두 번씩 절을 하고 부부가 되는 것이었다. 부부가 되어서 첫날밤에 잠을 잘 적에 그날 밤부터 태기가 있었다. 한 달 두 달 피를 모아, 열 달을 고이 채워 아이를 낳으니 아 들이 분명했다.

아들 하나 낳고서 석 달 열흘이 지난 뒤에 동수자가 하는 말이,

"여보시오, 바리데기 아가씨요. 이제 당신과 내가 부부가 됐으니 세 상에 겁나는 일이 뭐가 있고 나쁜 일이 뭐가 있겠습니까. 아들 하나 더 낳아 주오. 아들 셋을 낳아야 삼십 년 죄를 씻으니 아들 하나 더 낳아 주오."

바리데기 생각에, 아들 셋을 해마다 낳는다고 해도 삼 년은 걸릴 텐 데 이 일을 어찌해야 할지 알 수가 없었다. 여자가 시집을 가서 자식을 낳는 것도 당연히 할 일이지만 아버지 병세가 어떠한지 궁금해서, 살 아 계신지 죽어서 떠나셨는지 갑갑해서 견딜 수가 없었다.

서천서역은 어디메뇨

신화의 배경이 되는 공간은 신화적 상상력이 최대로 발휘되는 곳입니다. 《바리데기》에 나오는 서천서역과 동대산 외에도 우리 구전 신화에는 서경너른들, 천태산 등 매우 다양하고 흥미로운 상상의 공간들이 넘쳐 납니다. 우리 옛사람들의 우주관과 인생관이 녹아 있는 그곳, 상상으로 구현한 신화 속 공간으로 여행을 떠나 볼까요?

선관마을
천상 세계의 선관과 선녀들이 기거하는 곳.

동대산
죽은 사람을 살리는 생명의 약수가 있다는 신비의 산. 동대청과 은하수목욕탕, 약수탕이 있습니다.

원천강
사계절이 한데 모여 있는 신비의 공간. 시간을 주재하는 곳으로 인간 세상의 미래를 내다볼 수 있습니다.

극락
평화와 안락의 공간. 이승의 선한 영혼들이 시왕국의 심판을 거쳐 이곳에서 행복을 누립니다.

서천꽃밭
이승과 연결된 신비한 꽃밭. 인간의 탄생 및 죽음과 관련이 있습니다.

저승
영혼이 머무르는 곳. 죽음의 공간이지만 새로운 생명의 터전이기도 합니다. 극락과 지옥 외에도 신비의 공간들이 자리 잡고 있습니다.

시왕국
이승에서 건너오는 혼령들을 심판하는 공간. 염라대왕을 비롯한 십대왕이 혼령들의 극락행과 지옥행을 결정합니다.

서천서역
이승과 저승이 맞닿은 지점에 존재하는 신비의 공간. 인간이 쉽게 찾아갈 수 없으며, 이곳에 가기 위해서는 열두 고개를 넘어야 합니다. 바리데기가 약수를 구하기 위해 찾아가는 곳은 동대산 부근으로, 지도상의 서천서역과 일치하지는 않습니다.

약수삼천리
저승 깊숙한 곳의 넓고 긴 물길. 시왕국에서 심판을 거친 망자들이 이곳에서 배를 타고 지옥과 극락으로 갑니다.

지옥
징벌의 공간. 흑암지옥, 화탕지옥, 도산지옥, 철상지옥, 검수지옥, 발설지옥, 거해지옥, 독사지옥 등으로 이루어져 있습니다.

속룡굴
지하 세계 깊숙이 이승과 저승이 연결되어 있는 광대한 공간. 붉고 뜨거운 용암이 흘러넘치며, 흑룡이 살고 있습니다.

하늘꽃밭
다섯 방위에 걸쳐 시들지 않는 오색의 신성한 꽃들이 피어 있는 곳.

천하궁
옥황상제가 머물며 세계를 관장하는 곳. 하늘나라의 중심입니다.

천상
신성과 생명의 원천이며 신화적 세계의 출발점이 되는 곳. 하늘나라이며 옥황이라고도 합니다. 태초에 땅과 섞여 있다 나누어지면서 맑은 기운이 모여 하늘나라를 이루었습니다.

서경너른들
춥고 황량한 들판. 천년장자가 지배하고 있습니다.

이승
인간이 살아가는 공간. 선과 악, 즐거움과 고통이 교차하는 생명력 넘치는 땅입니다. 인간사를 주재하는 신들이 곳곳에 깃들어 있습니다.

천태산
이승 한복판에 있는 가장 높고 큰 산. 새로운 세상으로 나아가기 위해 거쳐야 하는 역경을 상징합니다.

지하
천상과 대비되는 깊고 어두운 땅속 세상. 태초에 무겁고 어두운 기운이 모여 지하 세계가 만들어졌으며 지부사천왕을 비롯한 여러 신이 머무릅니다.

지하도성
신성과 권위를 나타내는 지하 세계의 중심부. 최고신 지부사천왕과 여러 신들이 머뭅니다.

종남산
낯설고 기이한 동물들이 사는 지하 세계의 신비의 산.

삼천 리 아니라 사천 리라도 가오리다

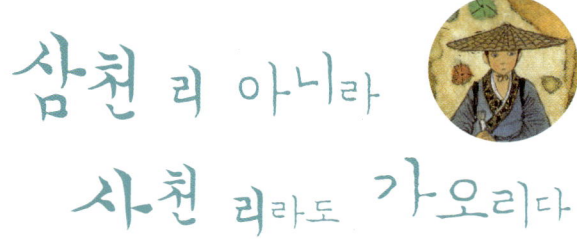

그럭저럭 일 년 지나고, 이태가 가고, 삼 년이 지날 적에 바리데기가
연년생으로 아이를 낳다 보니, 삼사 년 만에 아들 셋을 낳았다. 아들
셋을 떡하니 낳은 뒤에 바리데기가 말하기를,

"여보시오, 동수자 님. 아이 셋을 보아서더라도 이제 약수탕을 가르
쳐 주오."

"그럽시다. 약수탕이 멀지 않으니 오늘 낮에 약수탕을 찾아갑시다."

아이들을 놔두고서 약수탕을 찾아갈 적에, 아이를 셋이나 낳도록
살아온 동대산 산천이건만 그 끝에는 가 본 적이 없었다. 산천 끝으로
찾아가더니 동수자가 말하기를,

"이 산을 마저 내려가면 돌 비석이 있는데 그 비문을 보면 알 도리
가 있으리다. 내가 아이들 데리고 집을 보고 있을 테니 당신은 가서

약수를 길어 오시오."

바리데기가 너무도 고마워서,

"당신이 아이들을 데리고 있으면 내가 얼른 약수를 구해서 가겠습니다."

남편과 헤어져 동대산 산천 끝을 마저 내려가니 큰 바위에 글을 써 놨는데 그 글에 이르기를,

'사지생살문이요, 요수하는 문이라.'

그 문을 열고 들어가려고 잡아당기니 바위가 확 열리면서 좌우로 우두나찰, 마두나찰 험상궂은 귀신들이 쇠방망이를 둘러메고서 왈칵 대들었다. 바리데기가 깜짝 놀라,

"나는 불라국 오구대왕의 일곱째 딸로서 아무런 죄도 지은 일이 없습니다. 아버지를 위해 서천 서역 약수를 구하러 왔을 뿐인데 어찌 나를

● 사지생살문(死地生殺門)이요, 요수(要水)하는 문이라 정확한 뜻은 알기 어려우나 생사(生死)를 가르는 문이자 약수를 구하는 문이라는 뜻으로 짐작한다.

● 우두나찰(牛頭羅刹), 마두나찰(馬頭羅刹) 소머리와 말머리를 한 나찰. 나찰은 저승에서 죄를 지은 혼령을 다스리는 크고 무서운 귀신이다.

이리 조랑말처럼 죽이려 합니까?"

그러자 우두나찰, 마두나찰이 뒤로 주춤 물러서더니,

"불라국에서 온 오구대왕의 따님, 칠공주이십니까?"

"그렇습니다."

"그렇다면 몰라봐서 죄송합니다. 우리는 이 약수탕의 문을 지키는데 불라국의 칠공주 바리데기가 아니면 이 문을 열고 들어오지 못합니다. 그나저나 먼먼 길을 어찌 가시렵니까? 약수를 구하려면 여기서 삼천 리를 더 가야 합니다."

삼천 리란 말에 바리데기가 거기까지 갔으니 멀다는 말도 못하고,

"예, 삼천 리 아니라 사천 리라도 가오리다."

거기서 삼천 리를 더 가 약수탕을 찾아가는데 굴속이고, 파도 속이고, 험한 바위 속이고 발을 잘못 디뎌 떨어지면 뼈도 살도 못 추릴 곳이었다. 가시밭에, 칼날 같은 돌을 다 디디며 별 희한하고 험악한 곳을 한없이 지나서 갔다. 바리데기가 삼천 리를 지나 한 곳에 당도하니 그곳이 바로 서천서역 약수탕이었다.

바리데기가 한 곳을 바라보니
색색 꽃 화초밭이 있다.
화초밭을 지나서 안쪽으로 썩 들어가니
큰 억석바위가 하늘 닿도록 솟아 있고
그 끝이 거북의 입처럼 생겼는데
그 입에서 한 방울 한 방울 떨어지는 그것이
아버지 살릴 약수로다.

그 물이 자주 떨어지면 좋으련만

석 달 열흘, 백일 만에 한 방울이

빗방울 떨어지듯 한 방울이 떨어진다.

그 약수를 세 방울 받아 가려고

석 달 열흘, 백일 불공을 들인다.

석 달 열흘에 한 방울을 받는데 어디다 받을까.

억석바위 위에 조롱조롱 갖은 병이 걸려 있다.

울긋불긋 대초병 얼룩덜룩 거북병

목 길다 황새병 목 짧다 자라병

바리데기가 그중에 거북병을 집어 들고서

거북 입에서 한 방울씩 떨어지는 물을

석 달 열흘, 석 달 열흘, 석 달 열흘

아홉 달 서른 날을 공들여 세 방울을 받으니

거북병 조고마한 병이 한 병 가득 찬다.

바리데기가 그 병을 무엇으로 막았나. 꽃밭에서 죽지 않는 불사약 이파리를 몇 개 따서 똘똘 말아 병을 꼭 막았다. 거기에 꽃은 무슨 꽃이 있던가. 붉은 꽃, 푸른 꽃, 노란 꽃, 흰 꽃 갖은 꽃이 피어 있었다. 바리데기가 색색의 꽃을 한두 송이 꺾어서 품에 넣고 길을 나섰다. 천만다행으로 약수를 구했으니 마음이 바빠서 천방지축 나올 적에, 천 리가 백 리 되고, 백 리가 십 리 되고, 십 리가 오 리 되어 훌쩍 나왔다.

이 상여가 우리 아버지 상여로구나

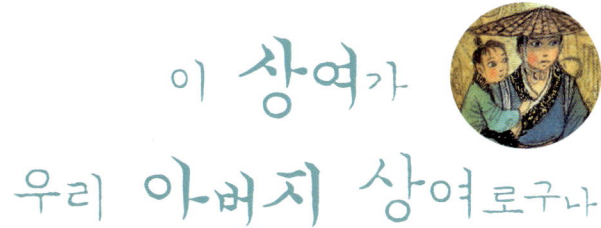

그때에 바리데기가 동수자와 살던 곳으로 돌아와 보니, 동대청은 간 곳없고 아이들 셋만 바위 꼭대기에서 울고 있었다. 큰아이는 앉아 울고, 둘째 아이는 기며 울고, 셋째 아이는 누워 울었다. 바리데기가 기가 차서 큰아이한테 묻기를,

"야야, 내 새끼야. 너희 아버지 어디 갔나?"

아이가 훌쩍거리며 하는 말이,

"아버지가 꽃 꺾어서 올 테니 우리 셋이서 놀라 하고는 하늘로 올라갔어요. 꽃 꺾으러 간다고."

그때에 동수자는 아들 삼 형제를 얻은지라 삼십 년 죄를 면하고서 하늘로 올라갔으니, 돌아오지 않을 사람이었다.

바리데기가 혼자서 세 아이를 데리고 길을 나서려니 어찌 아니 고생

일까마는,

"할 수 없고 할 수 없다. 어서 가자, 바삐 가자."

큰애는 걸으라 하고 둘째 아이는 안고, 어린 것은 업고서 길을 나선다. 세 아이를 데리고서 그렁저렁 나아가는데 억석바위 꼭대기에서 백발노인이 다시 나타나더니만,

"바리데기야, 이리 가까이 오너라."

하면서 조그마한 책 한 권을 내어 준다.

"가다 급한 일이 있거든 이 책의 진언을 외치면 살 도리가 있으리라."

책을 받아 들고서 절을 하고 살펴보니, 할아버지는 온데간데없다. 받은 책을 품에 넣고서 아이 셋을 재촉하여 한 곳에 다다르니 유수강 너른 물이 앞을 가로막았다. 아이 셋을 데리고 유수강을 건너야 하는데 배가 없어 어찌할까. 그때 난데없이 배 하나가 떠와서 강변에 척 닿는데, 그 배를 살펴보니 석가모니, 비로자나불, 아미타불 여러 부처님이 오르셨다.

"저기 가는 바리데기, 어서 배에 오르시오. 아이들 데리고 오르시오."

바리데기가 뱃삯이 없이 어찌 오를지 미안해 가만히 서 있으니,

"우리는 하늘의 명을 받아 바리데기 아가씨를 건네주려고 왔으니 조금도 지체 말고 어서 오르시오."

◦ **진언**(眞言) 부처의 말. '주문'이라는 뜻으로도 쓰인다.
◦ **비로자나불** 법계(法界)에서 큰 광명을 비추며 중생을 제도하는 부처.
◦ **아미타불** 서방 정토에 있는 부처로, 아미타불을 외면 극락에 갈 수 있다고 한다.

하기에 아이 셋을 데리고 배에 오르니, 순풍이 건듯 불어 둥실둥실 떠나간다. 넓디넓은 유수강을 두둥실 건너가서 강둑에 다다른다.

"바리데기 아가씨, 부디 편안히 가옵소서."

부처님들이 탄 배가 바리데기를 내려놓고서 뒤엉뒤엉 떠나간다. 마늘만큼 보이다가 별만큼 보이다가 불티만큼 보이다가 간데온데없이 사라져 간다.

바리데기가 아이들을 데리고 밤낮으로 서둘러 길을 갈 적에, 때마침 한 곳에서 여러 농부들이 모를 심으며 노래를 하고 있었다.

얼럴럴 얼럴럴 상사디요. 얼럴 얼럴럴 상사디요.

여러 농부님, 내 말 좀 들어 보소.

우리가 불라국 백성인데

오구대왕님이 세상을 떠나서 내일 행상이 나간다 하니

우리도 백관이나 하러 갑시다.

얼럴럴 상사디요. 얼럴럴 얼럴럴 상사디요.

그때에 또 한 농부가 나서면서,

"여보시오, 오구대왕님은 아들 태자를 못 보고 딸만 일곱을 낳았는데, 공들여 낳고서 내다 버린 딸 바리데기가 서천서역 약수를 구해서 아버지 살린다고 길을 나서더니, 삼 년 넘도록 소식이 온데간데없습니다. 그리하여 오구대왕 죽은 신체를 모셔 놓고 기다리다가 내일 아침, 명산 좋은 터에 묘를 쓰러 행상이 나간답니다. 행상 떠나는데 술도 많고 고기도 많다고 하니 술도 먹고 백관도 하고, 우리도 얼른 구경하러 갑시다."

바리데기가 지나가다 이 말을 듣고서 가슴이 선뜩하여,

"여보시오, 농부님네. 그 말이 정말입니까?"

"틀림없지요. 우리도 얼른 모를 심어 놓고, 내일은 행상 나가는 데 구경하러 갑니다."

바리데기가 그 말을 듣고 기가 차서 천지가 아득

이 일을 어떡하면 좋으냐.

아들 삼 형제 데리고 가려니 늦어져서 안 되겠고

얘들아 너희 삼 형제는 언덕 밑에 앉아 있거라.

내가 저 초상집에 가서 떡을 얻어 오마.

붙들고 우는 자식들을

떡 얻어 온단 말로 떼어 놓고,

거기서 아직 길이 백여 리가 남았으니

산길 들길이 얼마나 멀까.

해는 져서 저녁이 되려는데

산을 넘고 들을 건너 천방지축 달려간다.

고갯길에 이리저리 엎어지고 자빠지며

옷이 삽살개 털처럼 가래가래 흩어진다.

깜깜한 밤중에 산길을 지나 높은 재를 넘어

엎어지고 자빠지며 찾아를 간다.

밤새도록 달려갈 적에 동방이 밝아오며

날이 새서 해가 휘영청 돋아 온다.

그때 오구대왕 행상이 나가려고 궁궐 바깥마당에서 상여를 차릴 적에, 동쪽에는 푸른 봉(鳳)을 차리고 남쪽에는 붉은 봉, 서쪽에는 흰 봉, 북쪽에는 검은 봉, 중앙에는 노란 봉을 차렸다. 좌우에 용을 얹어

• **행상**(行喪) 상여가 나가는 일, 또는 그 상여.
• **백관**(百官) 모든 벼슬아치. 여기서는 장례를 지켜봐 주는 사람이라는 뜻으로 쓰였다.
• **동쪽에는~차렸다** 푸른색과 붉은색, 흰색, 검은색, 노란색의 봉황을 오방(五方)의 색깔에 맞춰 새긴 모양을 묘사한 것.

놓고 국화물림 걸어 놓고는 백공단 남공단을 하늘 높이 띄우고서 상여가 떠나간다. 조정 신하들이 다 모여서 상여를 호위할 적에, 여섯 사위가 말을 타고 나오고 여섯 공주는 백가마를 타고 나온다.

널 널 너하오, 너가리 넘차 너가리 넘차 너하오.
간다 간다 떠나가네, 오구대왕님 떠나가네.
너가리 넘차 너가리 넘차 너가리 넘차 너하오.
이 세상에 나올 적에 빈 몸으로 나왔거늘
오구대왕님 거동 보소, 삼대독자 외아들로
용상에 올라앉아 나라를 다스릴 적에
삼천 궁녀 거느리고 만조백관 거느리고
용상에 높이 앉아 제 뜻대로 했건마는
자식은 제 맘대로 못하고서 북망산천 떠나간다.
널널 너하오, 너가리 넘차 너하오.
황천길이 멀다 마소, 대문 밖이 황천이오.
저승길이 멀다 마소, 내 가는 길이 저승이라.
북망산천이 멀다더니만 저기 저 산이 북망일세.
내 집이 어디멘고 무덤이 내 집이로구나.
너가리 넘차 너하오, 너가리 넘차 너하오.

상여가 떠나갈 적에 바리데기 거동 보아라. 산을 넘어서 허겁지겁 달려오는데 행렬이 자욱하고 수만 명이 길에 나와 있었다. 바리데기가 소리를 지르면서,

"여보시오, 여러 님네들. 행상을 거기 좀 멈춰 주시오."

행상을 멈추라고 아우성을 치며 높은 재를 정신없이 뛰어 내려왔다. 바리데기가 행렬에 달려들 적에, 애초에 사위 여섯이 일러두기를,

"조상 떠나가는 데 잡인이 있거든 엄히 다스려라. 여자고 짐승이고 무엇이든 앞을 지나가거든 목을 쳐라. 목을 치고 몸에 지닌 걸 빼앗아 우리에게 갖다 바쳐라."

이리 명령을 해 놨으니 뉘 명령이라 어길까.

그때에 칼 들어 목을 치는 망나니가 행상 앞에 먼저 나가 잡인을 금할 적에 바리데기를 딱 보더니,

"이 요망한 계집아, 이 길이 어느 길이라고 이 앞을 막아서느냐!"

목을 치려고 칼을 들고 소리를 벽력같이 지르며 날뛸 적에, 바리데기가 평생에 그런 꼴을 못 본지라 무섭고도 겁이 났다. 망나니가 칼을 휘둘러 바리데기 앞에서 껑충껑충 뛰면서 몸에 지닌 걸 다 내놓으라 하니, 바리데기가 서천서역 가서 구해 온 약수를 뺏길 수 없어 아우성을 쳤다.

"나는 아무 죄도 없습니다. 우리 아버지 살리려고 서천서역 가서 약수 구해 온 죄밖에 없습니다."

이때에 바리데기가 칼을 안 맞으려고 앞으로 털썩 엎어지니 백발노

• **국화물림** 국화 모양의 물림. 물림이란 집이나 상여 등에 모양을 내는 목재 조립 형태의 칸살을 말한다.
• **백공단 남공단을 하늘 높이 띄우고서** 상여를 뒤따르는 만장을 나타낸다. 만장이란 죽은 이를 애도하여 지은 글을 비단이나 종이에 적어 기(旗)처럼 만든 것.
• **북망산천(北邙山川)** 북망산. 사람이 죽어서 묻히는 곳을 이른다.

인이 준 책이 앞가슴에서 탁 튀어 나왔다. 바리데기가 단숨에 그 책에 쓰인 진언을 외치자, 하늘에서 천둥이 내리치더니 망나니가 들고 있던 칼자루가 뚝뚝뚝 부러지고 망나니의 발이 그 자리에 딱 붙어 버렸다.

바리데기가 그 길로 상여 앞으로 달려가서,

"이 상여가 우리 아버지 상여로구나. 어디 한번 만져 보자."

상여에 손을 대니 상여가 땅에 붙어 움직이지를 않는다. 사위 여섯이 아우성을 치면서 상여를 들어서 떠나려고 재촉한들 말발굽이 딱 붙고 상여꾼의 발이 딱 붙었거늘 어찌할 도리가 있을까. 그때에 공주 여섯과 사위 여섯은 행여나 제 발이 땅에 붙을까 싶어 모두 다 버리고서 도망가 버렸다.

바리데기가 아버지 상여 앞에 와서 방틀을 잡고서,

"아버지요, 아버지요. 내가 하루만 늦게 왔어도 아버지 신체도 못 보고, 땅속에 들어가고 나면 파내지도 못할 텐데 조금만 늦었어도 아버지를 못 볼 뻔했습니다. 여보시오, 여러 님네들. 우리 아버지 상여를 궁 안으로 돌려 주시오."

그 말이 떨어지자 상여가 땅에서 덜컥 떨어지며 상여 방틀이 빙 돌더니 번개같이 궁 안으로 들어갔다. 궁 안에 들어간 뒤 바리데기가 만조백관 여러 신하를 모두 불러 놓고,

"아버지 행상을 세우고 관 뚜껑을 열어 주오."

하는데, 칠공주도 어엿한 공주인데 어찌 명령을 어길까. 상여를 이리저리 걷어치우고 관 뚜껑을 열고서 천판을 들추어 보니 오구대왕이 죽은 지 사오 년 만에 그 뼈가 험한 꼴로 되어 있었다. 바리데기가 품속에서 꽃과 약수를 꺼내 들고 아버지 뼈를 만지면서,

아버지요, 아버지요.
불초 소녀가 서천서역에서
약수를 구해 왔으니
아버지가 원도 한도 없도록
이 약수를 신체에라도 한 방울
뼈에라도 이 약수를 뿌려 드리겠습니다.
아버지, 고이고이 잠드소서.
바리데기가 몸에 지녔던 약수를 내어
그릇에 따르고 몸에 지녔던 꽃들을 들고
천판대 잡고서 뼈를 쓰다듬는다.
아버지, 이 꽃은 뼈가 살아나는 꽃입니다.

● **방틀** 나무를 잘라 네모나게 귀를 맞추어 둘러싼 틀.
● **천판(天板)** 관의 뚜껑이 되는 나무판자.

뼈를 좌우로 쓰다듬을 적에

뼈가 덜걱덜걱 가 붙는다.

두 번째 꽃을 쓰다듬으며

아버지, 이 꽃은 살이 살아나는 꽃입니다.

대왕의 살이 구름 피어나듯 뭉게뭉게 사리사리 살아난다.

세 번째 푸른 꽃을 들고서

이 꽃은 피가 살아나 핏줄기가 서는 꽃입니다.

그 꽃을 쓰다듬자 핏줄이 거미줄같이 주룽주룽 퍼져 나간다.

또 한 꽃을 쓰다듬으며

이 꽃은 몸의 더러운 것을 다 없애 주는 꽃입니다.

그때에 오구대왕이 자는 듯 가만히 누워 있을 적에

거북병 마개를 열고 약수 한 방울을

그 입에다 떨군다.

약수가 들어가서 삼백육십 관절마다 그 많은 핏줄마다

사방으로 퍼지고 사방으로 스며든다.

두 방울을 떨구니 온 몸으로 피가 퍼져 나가고

세 방울을 떨구니 막힌 숨 터지는 소리가

대천지 큰 바다에 파도치는 소리가

태백산 깊은 골에 벼락 치는 소리가

쾅, 나더니

아버지 숨이 덜컥 터져서

한걸음에 대번에 일어나 앉는다.

벌떡 일어나 앉는다.

21세기 생명수를 찾아 다시 태어난 바리데기

우리나라의 대표적인 무속 신화 〈바리데기〉는 시, 소설, 동화, 연극, 뮤지컬, 무용, 창극, 애니메이션 등 다양한 방식으로 새롭게 해석되거나 재창조되고 있습니다. 옛이야기에 머물지 않고 다시 살아나 새롭게 우리를 부르는 바리데기를 만나 봅시다.

폭력의 세기, 희망을 찾아 나서는 소설 《바리데기》

〈바리데기〉 신화를 재해석한 황석영의 장편 소설 《바리데기》(창비, 2007)는 세계화의 그늘 속에 내던져진 탈북 소녀의 눈물겨운 여정을 그리고 있는데, 〈바리데기〉 신화라는 소재와 현실과 신화가 교차하는 구성 방식으로 주목을 받았습니다. 작가는 북한 청진에서 일곱째 딸로 태어난 바리의 눈을 빌려 세계사의 현장을 생생하게 묘사하고 있습니다. 혼자 살아남아 갖은 고생 끝에 중국에서 밀항선을 타고 영국으로 흘러들어온 바리는 런던에서 만난 압둘 할아버지의 손자 알리와 결혼을 합니다. 하지만 열아홉 살에 낳은 딸을 그만 잃고 큰 충격에 빠지지요. 겨우 기운을 차린 바리에게 할아버지는 희망에 대해 말합니다. "희망을 버리면 살아 있어도 죽은 거나 다름없지. 네가 바라는 생명수가 어떤 것인지 모르겠다만, 사람은 스스로를 구원하기 위해서도 남을 위해 눈물을 흘려야 한다. 어떤 지독한 일을 겪을지라도 타인과 세상에 대한 희망을 버려서는 안 된다." 소설 속 바리를 따라가다 보면 분단된 한반도뿐만 아니라 전 세계에 드리운 절망과 폭력, 전쟁과 테러를 실감할 수 있습니다.

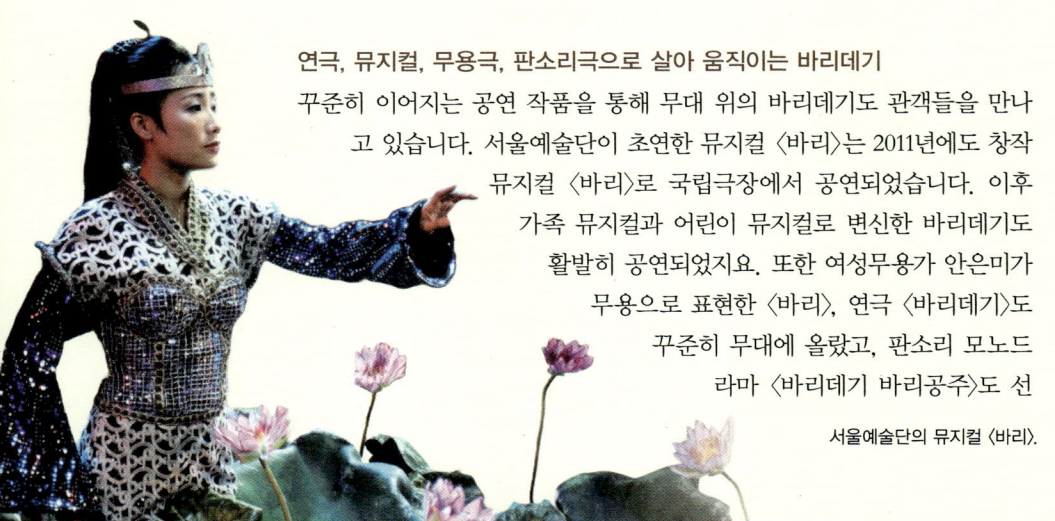

연극, 뮤지컬, 무용극, 판소리극으로 살아 움직이는 바리데기

꾸준히 이어지는 공연 작품을 통해 무대 위의 바리데기도 관객들을 만나고 있습니다. 서울예술단이 초연한 뮤지컬 〈바리〉는 2011년에도 창작 뮤지컬 〈바리〉로 국립극장에서 공연되었습니다. 이후 가족 뮤지컬과 어린이 뮤지컬로 변신한 바리데기도 활발히 공연되었지요. 또한 여성무용가 안은미가 무용으로 표현한 〈바리〉, 연극 〈바리데기〉도 꾸준히 무대에 올랐고, 판소리 모노드라마 〈바리데기 바리공주〉도 선

서울예술단의 뮤지컬 〈바리〉.

(왼쪽 위부터 시계 방향으로) 안은미의 무용극 〈바리〉, 극단 신주쿠 양산박의 〈에비대왕〉, 연극 〈바리데기〉.

보였습니다. 〈바리데기〉 신화에 셰익스피어의 〈리어왕〉, 〈맥베스〉 그리고 그리스의 비극 〈오이디푸스〉 신화의 모티프를 더해 남아 선호 사상과 민족의 분단 현실 등 우리 사회의 모습을 그려 낸 일본 극단 신주쿠양산박의 〈에비대왕〉은 큰 주목을 받았습니다. 대부분이 서양의 판타지로 이루어진 게임들 속에서 우리 고유의 신화 〈바리데기〉를 바탕으로 한 플래시 게임 〈바리공주의 전설〉이 선보이기도 했지요.

바리데기가 전하는 삶의 생명수

〈바리데기〉 신화가 21세기에 거듭 새롭게 해석되는 것은 그 이야기가 가진 원형적 힘 때문입니다. 바리데기의 사연은 인간의 근원적이고 존재적인 고독을 환기하면서 어떻게 하면 그것을 초극하여 세상의 참 주인으로 나아갈 수 있을지를 마음으로 되새기도록 합니다. 바리데기의 행로를 따라가다 보면 어느새 슬픔이 평화로 바뀌고 어둠이 빛으로 변하는 경험을 하게 되지요. 비유하자면 '삶의 생명수'를 발견하게 됩니다. 오랜 세월을 이어져 오면서 사람들의 지친 영혼을 위로해 온 〈바리데기〉 신화의 생명력은 21세기는 물론 더 먼 미래에도 꺼지지 않고 길이 빛을 발할 것입니다.

버려진 바리데기 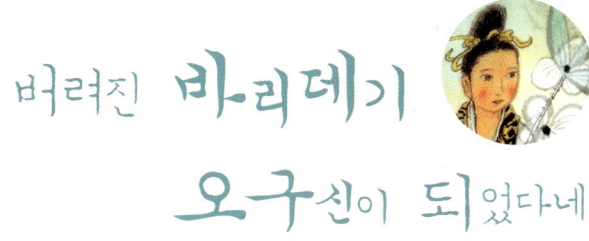 오구신이 되었다네

오구대왕이 벌떡 일어나 눈을 비비더니 만조백관과 백성들이 수만 명 모인 것을 보고 말하기를,

"오늘이 내 생일인가? 무슨 큰 회의가 있었나, 궁 안에 경사가 있었나? 무슨 일로 다들 이렇게 모여 있느냐?"

그때 신하들이 다가와서 절을 하며 사연을 아뢴다.

바리데기 사연을
천리만리 고생하던 일을 빨래 씻던 일을
나무 열매 따 먹던 일이며
가다가 짐승들 만나 고생하던 일을
서천서역 동대산 산천 끝에 가서 약수 구해 오던 일을
온갖 얘기를 다 아뢴다.

오구대왕이 깜짝 놀라,

"내가 사나흘 잠자고 일어난 줄 알았더니 우리 딸 바리데기 덕택에 내가 살아났구나. 야야, 내 딸이야. 어디 보자, 내 딸이야."

그때에 바리데기가 아버지 앞에 꿇어앉아서 눈물을 뚝뚝 흘렸다.

"야야, 이런 경사에 네가 울다니, 웬 말이냐?"

"아버지요, 저는 아버지 허락 없이 시집가서 자식을 셋이나 낳았습니다. 아이들을 언덕 아래 두고 왔는데, 어디로 흩어졌는지 모릅니다."

대왕님이 그 말을 듣더니 나졸들을 불러서,

"풍악(風樂)을 잡히고서 어서 바삐 찾아가 아이들 셋을 데려오너라."

이렇게 명하니, 뉘 명령이라 거역할까. 아이들을 찾아 질풍처럼 나설 적에, 해는 설핏설핏 기우는데 아이들 셋이 논길, 밭길에 처박혀서 온몸에 흙을 묻힌 채 울고 있었다.

나졸들이 아이들을 거두어서 궁궐로 향할 때에, 길대부인 거동 보아라. 내궁에서 찬물을 떠 놓고 기도하며 슬피 울다 바리데기가 살아왔다는 말을 듣고서 꿈인지 생시인지 분간 못하고 허둥지둥 달려온다.

"여봐라, 군노 사령아 문 열어라. 내 딸 바리데기 만나 보자."

문을 열고 들어가니 바리데기가 우루루루 달려와서,

"아이고, 어머니이이……."

길대부인이 달려들며,

"야야, 바리데기야! 네가 죽은 줄로만 알았더니, 이렇게 살아서 나를 부른단 말이냐. 아이고 내 딸이야, 아이고 내 자식아!"

죽었던 영감이 살아나고 딸이 살아 돌아오니 이런 경사가 또 있을

까. 마음껏 기뻐할 적에, 바리데기의 아들 삼 형제가 우루루루 달려오
더니 치마꼬리를 붙잡는다. 길대부인이 깜짝 놀라,

"아이고 이것이 웬일이냐. 금덩이가 날아오나 옥덩이가 날아오나."

얼마나 반가운지 딸을 제쳐 놓고 영감도 제쳐 놓고 손주 삼 형제를
안아 든다. 바리데기 하는 말이,

"어머니요, 제가 죄를 지어 삼 형제를 낳았습니다."

"야야, 그런 말 말아라. 내가 딸 일곱을 낳았거늘 너라도 삼 형제를
낳았으니 내 한을 다 갚았다."

그때에 오구대왕이 아이들을 안을 적에, 그 모양이 볼만하다. 할아
버지가 안고 할머니가 업고 어머니가 붙잡고 서로 함께 노닌다. 오구대
왕이 외손자를 사랑하여 어르면서,

얼씨구야 절씨구 지화자 좋을시고, 손주 손주 내 손주야.

너희들 고이 길러 외손봉사는 못할거냐, 둥둥둥둥 내 손주야.

얼씨구 둥둥 내 딸이야, 절씨구야 내 딸이야.

십오 년 전에 죽으라고 갖다 버렸던 내 딸이야.

네가 살아 서천서역 가서 약수를 구해다가

나를 살린 일이 이런 경사가 또 있으랴.

둥둥둥둥 내 딸이야.

얼씨구야 내 딸이야, 절씨구야 내 딸이야.

그때에 바리공주의 언니 여섯은 막내가 약수를 구해 와 아버지를
살렸다는 말을 듣고서 어디로 갔는지 흔적도 없이 다 도망가 버리고

없었다. 사위 여섯도 어디로 갔는지 자취도 없이 사라져 버렸다.

그때 바리데기가 여러 신하를 불러서,

"언니와 형부 들을 모셔 오세요. 미워도 내 형제 고와도 내 형제, 모두 어머니 아버지 몸을 빌려 난 내 형제이니, 어서 모셔 오세요."

딸 여섯, 사위 여섯 그럭저럭 모여들 적에, 오구대왕과 길대부인까지 모두 모여서 좌정할 곳을 정한다. 세상천지에 무엇이 되어 남을지를 정한다. 하늘이 각각 그 자리를 마련하는데,

오구대왕과 길대부인은 천상에 올라 견우직녀,
일 년에 한 번 칠월 칠석 만나도록 마련하고
바리데기 일곱 자매는 북두칠성을 마련한다.
북두칠성 가운데 맨 끝에 떨어진 별 하나가 바리데기의 혼신이라.
아들 삼 형제는 삼태성을 마련하고
사위 여섯은 한구석에 조모 사태성을 마련한다.

이때부터 바리데기가 '잘못 오(誤)', '귀신 귀(鬼)', 잘못 죽은 귀신들을 위해 오구 풀이를 해 왕생극락으로 인도하는 것이었다. 죽은 넋의 신이 되어, 서럽게 이 세상 떠난 이들을 좋은 곳으로 고이고이 인도하는 것이었다.

• **외손봉사** 친손자가 없어 외손자가 대신 제사를 맡는 것.
• **좌정(坐定)** 여기에서는 신이 되어 자리를 잡는 일을 말한다.
• **조모 사태성** 하늘의 별자리를 이르는 말. 정확히 어떤 별자리인지는 알기 어렵다.
• **오구 풀이** 죽은 혼령들을 저승으로 인도하는 의례.

세상천지 무엇을 다스리는 신이옵니까

서양이나 중국의 신화와 비교해 볼 때 우리 신화의 주인공들은 매우 소박하고
서민적입니다. 우리 신들이 이처럼 친근하게 느껴지는 이유는 대부분이 원래 인간이었기
때문입니다. 인간으로 태어나 생사고락을 헤치고 나서 신으로 좌정했기에 인간의
삶을 이끌고 지지해 줄 수 있었던 것입니다. 정성을 다하면 큰 복을 주고, 소홀히 하면
큰 화를 냈던 인간적인 우리네 신들을 만나 봅시다.

염라대왕

너는 이승에서 무슨 일을 했느냐?
불평불만은 소용없다. 그렇다, 내
가 저승차사를 보내 너를 데려왔
다. 내 심판을 받아야 극락으로
갈지 지옥으로 갈지가 결정된다.
자, 네가 어떻게 살아왔는지
를 낱낱이 고해라.

옥황상제

이 천지가 누구의
것인고? 바로 내 천지다!
나로 말할 것 같으면 온 천지
만물의 최고 통치자이니라.
두려워 말고 겁내지 말라. 내 한때
인간 세상에 내려가 총명부인과
인연을 맺어 소별왕과 대별왕을
낳았으니 너희의 큰아버지와 같다.
한은 풀고 복은 나누어 살면 내가
자비와 인정을 베풀 것이니라.

자청비

세상에 곡식을 전하고
농사를 돌봐 주는 농경
신, 자청비라오. 나는 씩
씩한 성격과 거침없는 행
동으로 사랑을 쟁취하지
요. 그리고 내가 사랑한
문 도령과 나를 사랑한
정수남과 함께 세경신이
된답니다.

성주신

나는 사람들의 집에 머물며 가정을 돌본다오. 서울과 경기 지역 신화에 따르면 하늘 궁전을 지은 황우양씨와 그 아내 막막부인이 성주신과 터주신이 되어 가정을 돌봐 준다고 하지요. 또 경상도 지역에서는 안심국을 주인공으로 한 성주 신화가 전해지며, 제주도에서는 남 선비 부부와 여러 아들이 집을 지켜주는 가신으로 모셔집니다.

저승차사

들어라. 이제 때가 되었다. 울어도 소용없느니라. 내가 바로 삼천년이나 죽음을 피해 다닌 삼천갑자 동방삭을 잡아간 강림도령, 저승차사이다. 어서 명을 받아라. 갈길이 멀다. 어서 가자.

이공신

나는 서천꽃밭에서 신비로운 꽃을 돌보는 한락궁이오. 〈이공본풀이〉에 따르면 나는 아버지 없이 종의 자식으로 자라면서 온갖 박해를 받았지만 꿋꿋하게 이겨 내고 아버지, 사라도령의 뒤를 이어 서천꽃밭을 돌보는 이공신이 되었다고 하지요.

오구신

거 누구야, 거 누구야, 바리데기 내가 왔소. 옛날 옛날 오구대왕 내가 살렸는데, 이승 저승 못 찾았다 이런 말씀 마시고 원혼 신원 다 풀고 극락세계 가십시다. 가시다가 힘이 들면 내가 인도하니 험난한 길 쉬어 가소. 극락세계 같이 가오. 사주팔자 이뿐인가, 사람 되어 오시려거든 인간 세상 탄생하면 한세상을 다시 보소.

제석신

우리는 세쌍둥이, 제석신이라오. 〈제석본풀이〉에 따르면 동굴 속에서 홀로 세쌍둥이를 낳은 어머니 당금애기는 아이를 점지해 주고 탄생과 성장을 돌봐 주는 삼신이 되고, 우리들은 제석신이 되었다고 하지요.

칠성신

칠성신은 사람들의 생과 사, 화와 복을 관장한다오. 아이가 일곱 살이 되면 삼신에게서 아이를 넘겨받아 돌보지요. 〈칠성풀이〉에 따르면 우리는 아버지 칠성님과 어머니 매화부인(옥녀부인) 사이에서 태어나 갖은 시련과 박해를 이겨 내고 성장하여 칠성신이 되었다고 합니다.

《바리공주》

〈바리데기〉는 전국 각지에 많은 자료가 전해집니다. 자료가 많다 보니 주인공 이름도 바리데기, 베리데기, 비리데기, 바리공주 등 여러 이름으로 불립니다. 본문에 실려 있는 이야기는 동해안 별신굿에서 구연된 자료를 바탕으로 정리한 것입니다. 동해안 별신굿의 〈바리데기〉는 내용이 풍부하며 문학적 표현이 잘 살아 있습니다.

그 외에도 각 지역의 자료는 나름의 특성과 가치를 지니는데, 특히 서울 지역의 자료를 주목할 만합니다. 서울 지역은 〈바리데기〉 신화의 주요 전승지로, 이야기가 잘 다듬어져 있습니다.

그 내용을 보면, 부모한테 버림받은 공주가 약수를 구해 와 병든 부모를 구한다는 것은 같지만 세부 내용에서는 차이를 보입니다. 배경이 불라국이 아닌 삼나라로 되어 있고, 공주의 짝은 동수자가 아니라 무장승(무장신선)으로 되어 있습니다. 주인공을 '바리데기'가 아닌 '바리공주'로 부른다는 점도 특색이 있습니다.

'더 읽기'에는 1966년에 문덕순이 구연한 자료(《한국무가집 1》, 집문당, 1972)를 바탕으로 서울 지역 〈바리공주〉 신화의 내용을 정리해 실었습니다. 본문에 실린 이야기와 견주어 보면서 찬찬히 내용을 음미하면 또 다른 모습의 바리데기를 만날 수 있을 것입니다.

옛날에 어비대왕이 다스리는 '삼나라'라는 곳이 있었다. 어비대왕이 배필을 구할 적에 중전마마로 뽑힌 여인이 길대부인이었다. 좋은 날을 가려서 혼인을 하려 할 때, 천하궁 다지박사와 지하궁 가리박사 여러 현인들이 점을 쳐 보고는 그해에 혼인을 하면 칠공주를 얻고, 다음 해에 혼인을 하면 세자를 볼 테니 혼례를 늦추라고 했다. 하지만 어비대왕은 하루가 열흘 같아 기다릴 수 없다며 그해 칠월 칠석에 길대부인과 혼례를 치렀다.

세월이 물처럼 흘러 길대부인이 첫아이를 잉태하여 순산을 하고 보니, 공주였다. 어비대왕은 공주를 낳았는데 세자인들 아니 낳겠느냐며, 딸 이름을 '달이당씨'라 하고 별호(別號)를 '청대공주'라 지어 고이고이 길렀다. 다시 세월이 흘러 길대부인이 둘째 아이를 가졌는데, 순산을 하고 보니 또 딸이었다. 어비대왕은 그 아이 이름을 '별이당씨'라 하고 '홍대공주'라는 별호를 지어 고이 길렀다. 세월이 다시 흘러 길대부인이 또 아이를 가졌는데, 낳고 보니 딸이었다. 그렇게 딸만 여섯이 되었다. 길대부인이 아이를 가질 때마다 세자를 고대하던 어비대왕은 갈수록 실망이 커졌다.

그때 길대부인이 일곱째 아이를 잉태했는데 꿈이 전과 달랐다. 오른손에 보라매, 왼손에 백매를 받고, 왼 무릎에 흑거북이 앉아 있고, 양 어깨에 해와 달이 돋아 보였다. 태몽을 전해 들은 어비대왕은 세자를 볼 꿈이라고 기뻐하며 죄인들을 풀어 주었다.

그런데 마침내 열 달을 채워 해산을 하고 보니, 이번에도 딸이었다. 길대부인은 아이를 돌아보고서 그만 울음을 터뜨렸다. 소식을 전해 들은 어비대왕 또한 절망했다.

용루를 쌍쌍 흘려 용포를 적시며
향로 향합을 훌치며 탄식하기를
종묘사직은 누구에게 전하고
조정 백관은 누구에게 의지하리오.
눈물을 쌍쌍 흘려 탄식하면서
나는 전생의 죄가 많아
옥황상제가 일곱 딸 점지하시니
이 딸은 서해 용왕께 진상하리라.

아이를 바다에 띄워서 내다 버리라는 벼락같은 명령이었다. 그 말을
들은 길대부인이 기가 막혀 대왕한테 매달렸다.

중전마마 하시는 말씀
대왕마마는 모질기도 모지시다.
혈육을 버리라 하시니
자식 없는 신하에게 양녀 주시거나
버리는 자손 이름이나 지어 주오.
대왕마마 하시는 말씀
버려도 버릴 것이요,
던져도 던질 것이니
바리공주라.

이름과 생일을 적은 뒤 공주를 옥함에 집어넣고서 금거북 금자물쇠와 흑거북 흑자물쇠를 덜컥 채웠다. 아미타불 염불을 드린 뒤에 앞으로는 황천강, 뒤로는 유사강 피바다 여울에 집어던졌다. 한 번을 던지자 옥함이 용솟음을 치고, 두 번을 던지자 다시 솟아오르고, 세 번을 던지자 금거북이 받아서 졌다.

바리공주 칠공주가 바다에 떠갈 적에, 석가세존 부처님이 공주를 알아보고 태양서촌으로 옥함을 인도하고는 비리공덕할미, 할아비한테 아이를 구하게 했다. 비리공덕할미, 할아비가 옥함을 거두어 자물쇠를 열고 보니 아이 입에 왕개미가 가득하고, 귀에 불개미가 가득하고, 허리에는 구렁이가 감겨 있었다.

비리공덕할미, 할아비가 아이를 거두어 키울 적에, 바리공주가 어찌나 총명한지 세상 이치를 두루 통달했다. 어느덧 공주가 철이 들어 부모를 찾으려 했으나 부모가 누구인지 알 수 없으니 찾을 도리가 없었다.

그렇게 세월이 흐를 적에, 어비대왕과 길대부인은 갑자기 한날한시에 깊은 병이 들어 자리에 누웠다. 다지박사, 가리박사 여러 현인이 천문을 살피고 점을 쳐 보더니 대왕 부부가 세상을 떠날 징조라며 바리공주를 다시 찾으라 했다. 대왕의 꿈에 다시 청의동자가 나타나서는 대왕의 병

• **용루**(龍淚) 임금의 눈물. 용포(龍袍)는 임금의 옷이다.
• **종묘사직**(宗廟社稷) 왕실과 나라를 통틀어 이른다.
• **석가세존**(釋迦世尊) 석가모니를 높여 부르는 말.
• **천문**(天文) 우주와 천체의 온갖 현상에 내재된 법칙.
• **청의동자**(靑衣童子) 신선의 시중을 드는 푸른 옷을 입은 사내아이.

은, 봉래 방장 무장승의 양현수를 구해 와야만 고칠 수 있다며 칠공주 버린 죄로 생겨난 병이니 공주를 찾으라 했다.

대왕이 신하들을 모아 놓고 약수 구할 길을 물으니, 무장승 양현수가 있는 저세상은 혼백만 갈 수 있는 곳이라 산 사람은 갈 수가 없다고 했다. 대왕이 탄식하며 바리공주 찾을 일을 의논할 적에, 한 신하가 자청하여 길을 나섰다. 그는 까막까치의 인도를 받고 나무들의 도움을 얻어 태양서촌에 찾아 들어가 바리공주를 만났다. 가지고 간 표적을 맞추어 보니, 어비대왕의 막내딸 바리공주가 분명했다.

바리공주가 삼나라 궁궐에 들어가 어비대왕 앞에 설 적에, 그 아버지와 그 딸의 심정이 오죽했으랴.

대왕마마 용루를 흘리시며 하시는 말씀
얘야, 울음을 그치거라.
네가 미워서 버렸으랴, 역정이 나서 버렸구나.
여름철 석 달은 어찌 살고
겨울철 석 달은 어찌 살고
배고파 어찌 살았느냐.
바리공주 하는 말이
추워도 어렵고 더워도 어렵고 배고파도 어렵더이다.

부모를 만난 바리공주는 여섯 언니가 마다한 길을 스스로 나서 약수를 구하러 떠났다. 어머니 배 속에 열 달 있었던 공을 갚겠다 했다.

바리공주는 남자 옷으로 갈아입고 무쇠 질빵, 무쇠 지팡이에 무쇠 신

을 갖추어 길을 나섰다. 지팡이를 한 번 두르니 천 리를 가고, 두 번 두
르니 이천 리를 갔다. 사람도 없는 외진 곳을 가고 또 가다 보니 공주의
머리가 덤불처럼 되었다. 석가세존과 지장보살이 한 곳에서 바둑과 장기
를 두고 있다가 큰 절을 올리는 바리공주를 맞이하고서, 험한 길 가는
데 필요하다며 신령한 꽃과 금지팡이를 건네주었다.

바리공주가 두 손으로 받아 들고 길을 떠나는데, 한 곳에 다다르니 칼
산지옥, 불산지옥, 독사지옥, 한빙지옥, 구렁지옥, 배암지옥, 물지옥, 혼
암지옥, 팔만사천 지옥에 다다랐다. 죄인을 다스리는 소리가 육칠월 악
머구리 우는 소리 같았다. 바리공주는 꽃을 흔들어 죄인이 갇힌 성을
허물고서 눈 빠진 죄인과 팔 없는 죄인, 수많은 죄인이 극락세계에 갈
수 있도록 정성껏 빌어 주었다.

그곳을 지나니 새털도 가라앉는다는 약수삼천리가 앞을 가로막았다.
배가 없어서 방황하던 바리공주가 금지팡이를 던지자 한 줄 무지개가 생
겨났다. 공주는 무지개를 타고 약수삼천리를 건너서 무장승 앞에 섰다.
무장승의 키는 하늘에 닿고, 눈은 등잔 같고, 얼굴은 쟁반 같고, 발은

- **봉래 방장** 신선들이 산다는 봉래산과 방장산. 여기서는 머나먼 딴 세상을 일컫는다.
- **무장승** 저승의 약수를 지키는 신의 이름. '무장신선'이라고도 한다.
- **양현수** 사람을 살리는 약수의 이름.
- **질빵** 짐을 질 수 있도록 물건에 연결한 줄.
- **지장보살**(地藏菩薩) 석가모니가 입적한 뒤 미래불인 미륵불이 출현하
  기 전까지 중생을 구제하는 보살.
- **악머구리** '잘 우는 개구리'라는 뜻으로, 청개구리를 말한다.
- **약수삼천리** 신선이 살았다는 전설의 강. 부력이 약하여 기러기 털도
  가라앉는다고 한다.

석 자 세 치나 되었다.

사람인가 귀신인가, 열두 지옥을 어찌 넘어오며
약수삼천리를 어찌 넘어왔느냐.
나는 국왕의 일곱째 아들로서
무장승의 약수를 얻어다가 부모를 살리려고 왔나이다.
그렇다면 길 값은 가져왔는가?
서둘러 오느라 못 가져왔나이다.
길 값으로 나무 삼 년 하여 주오.
그리하오리다.
삼 값으로 불 삼 년 때어 주오.
그도 그리하오리다.
물 값으로 물 삼 년 길어 주오.
그리하오리다.
석 삼 년, 아홉 해 넘짓 되니
그대의 옷차림이 남루해 보이나
앞으로는 국왕의 기상이요,
뒤로는 여인의 몸이니

그대와 나는 천생배필이라.

일곱 아들 낳아 주오.

　바리공주는 그렇게 나무 삼 년, 불 삼 년, 물 삼 년을 해 주고 두장승과 혼인하여 아들 일곱을 낳았다. 그제서야 무장승은 아비 살릴 방법을 알려 주었는데, 바리공주가 긷던 물이 약수이고 공주가 베던 풀이 약초라 했다. 뒷동산 후원에 가서 숨살이꽃, 뼈살이꽃, 살살이꽃 삼색 꽃을 가져가라고 했다. 그리고 하는 말이, 저 혼자서 살 수 없으니 공주 뒤를 따르겠노라 했다.

　갈 때는 한 몸이었는데 돌아올 때는 아홉 몸이 되었다. 바리공주가 남편과 자식을 이끌고 황천강을 건널 적에, 갖은 배를 다 만났다. 연꽃이 받치고 청룡과 황룡이 이끄는 배는 극락세계 가는 배이고, 고운 향기와 맑은 기운에 풍류가 넘치는 배는 혼령들을 왕생 천도하여 세상에 다시 태어나게 하는 배이며, 살기가 충천하고 악한 기운이 가득한 가운데 사람들이 묶여 있는 배는 지옥으로 가는 배였다. 길 값이 없어 불도 켜지

- **석 자 세 치** 약 일 미터로, 발이 크다는 뜻으로 쓰였다.
- **삼 값** '삼'은 옷감으로 쓰이는 풀로, '삼 값'은 '옷 값'을 뜻하는 말로 생각된다.
- **숨살이꽃, 뼈살이꽃, 살살이꽃** 숨을 트게 하고 뼈를 살리며 살을 살린다는 신비로운 꽃.
- **왕생 천도** 죽은 사람의 넋이 좋은 곳으로 갈 수 있도록 기원하는 일.

못한 채 깜깜하게 갈 곳 몰라 방황하는 배들도 있었다. 바리공주가 지옥 가는 영혼과 방황하는 영혼을 위해 지극 정성을 드리니, 그 영혼들이 극 락세계로 나아가고 왕생 천도의 길로 나아갔다.

그럭저럭 황천강을 건너서 한 곳에 다다랐는데, 작은 가마와 큰 가마가 나오고 있었다. 목동에게 사연을 물으니 어비대왕 부부가 돌아가셔서 상여가 나가는 길이라고 했다. 바리공주가 깜짝 놀라 무장승과 일곱 아들을 감춰 두고는 정신없이 상여로 달려들었다. 상여꾼들을 물리치고, 대왕 부부 염한 것을 풀어내어 편안히 눕힌 뒤에, 양현수를 입안에 흘려넣고 삼색 꽃으로 몸을 문질렀다.

양전 마마 일시에 일어나 앉으시며
잠결이냐 꿈결이냐, 여기는 무슨 일이냐.
앞바다 구경하러 왔느냐, 뒷동산 꽃구경 왔느냐.
조정 백관이 아뢰되, 버렸던 자손이 약수를 얻어 오시어
양전 마마가 회춘하셨나이다.

나갈 때는 울음소리더니 들어올 때는 잔치 소리가 되어 궁궐로 돌아왔다. 어비대왕이 바리공주에게 나라의 반을 주겠다고 했으나, 바리공주는 다 사양하고 무장승을 만나 일곱 아들을 둔 사연을 아뢰었다. 어비대왕이 반기면서 무장승을 부르자 무장승이 궁궐로 들어오는데, 몸집이 어찌나 큰지 머리가 문에 걸려 도끼로 문을 찍고서 들어왔다.

그 뒤로 무장승과 일곱 아들, 비리공덕할미, 할아비와 바리공주는 사

람들의 섬김을 받게 되었다. 무장승은 산신제와 평토제 제사를 받게 되었고, 비리공덕할미, 할아비는 죽은 이 나갈 적에 노제와 길제를 받게 되었다. 바리공주의 일곱 아들은 저승의 시왕이 되었다. 바리공주는 죽은 혼령을 극락왕생하도록 인도하는 신령이 되어 길이 사람들의 섬김을 받게 되었다.

- **양전 마마** 임금과 왕비를 함께 이르는 말.
- **회춘(回春)** 깊은 병이 나아서 건강을 되찾았다는 뜻이다.
- **산신제(山神祭)와 평토제(平土祭)** 산신제는 산신령에게 드리는 제사, 평토제는 관을 묻은 뒤에 지나는 제사.
- **노제(路祭)와 길제** 노제는 발인할 때 문 앞에서 지내는 제사, 길제는 죽은 지 이십칠 개월 만에 지나는 제사.
- **시왕** 저승에서 죽은 사람을 재판하는 열 명의 대왕.

버림받은 고통으로부터 나오는
구원의 힘

● 신화 중의 신화, 〈바리데기〉

신화(神話), 듣기만 해도 가슴 설레는 말입니다. 낯설고 화려하며 놀라운 세계를 떠올리게 하는 상상력의 보물창고가 바로 신화입니다. 따라서 '상상력의 시대'라고 하는 21세기를 맞이하여 신화에 대한 관심이 커지고 있는 것은 자연스러운 일이겠지요.

'신화' 하면 여러분은 무엇이 가장 먼저 떠오르나요? 대부분 그리스 로마 신화를 떠올리지 않을까 짐작해 봅니다. 신화의 대표 격으로, 세계적으로 폭넓은 관심과 사랑을 받고 있으니 말입니다. 이 책을 읽는 독자들 가운데 제우스나 헤라클레스, 아프로디테를 모르는 사람은 없을 것입니다. 크로노스와 레아로부터 아이네이아스와 오디세우스에 이르기까지 신과 영웅의 계보를 꿰뚫고 있는 사람도 여럿이겠지요. 요즘은 그 관심이 이집트와 수메르, 북유럽 신화까지 넓어지고 있음을 실감하게 됩니다. 인도나 중국 신화 등에 대한 관심도 커지고 있는 상황입니다.

혹시 이러한 세계 여러 나라의 신화를 만나면서 우리나라에는 왜 저런 신화가 없을까 하고 아쉬워해 본 적은 없나요? 〈단군 신화〉와 〈주몽 신화〉, 〈혁거세 신화〉와 같은 건국 신화가 있다지만 그것만으로는 부족하다는 생각이 들었을지도 모릅니다. 그러나 우리에게도 놀랍고 가슴 벅찬 창세 신화가 있습니다. 끝이 없는 혼돈 속에서 갈라져 나온 하늘과 땅, 하늘의 정기를 받고 땅의 이슬을 머금어 탄생한 인간, 사람의 아들로 태어나 우주의 주재자로 우뚝 선 대별왕과 소별왕……. 〈창세가〉나 〈천지왕본풀이〉에서 전하고 있는 내용들입니다.

창세 신화 외에도 경이롭고 감동적인 이야기를 담고 있는 수많은 신화가 있습니다. 그중에서도 이 땅의 민중이 입에서 입으로 전하며 가슴에 새겨 온 신화가 바로 '무속 신화'입니다. 무속 신화는 언제인지 모를 아주 먼 옛날부터 시작되어 수천 년의 시간을 지나 오늘날까지도 이어지고 있는 '살아 있는 신화'입니다. 우리가 만난 〈바리데기〉가 바로 그러한 무속 신화입니다.

그런데 신화와 〈바리데기〉가 잘 연결될지 모르겠습니다. 흔히들 생각하는 신화는 초월적인 힘을 다룬, 장엄하며 화려하고 고귀한 이야기일 것입니다. 인간 세상과는 다른 저 높은 하늘의 찬란한 빛과 같은 이야기라고나 할까요? 그런데 다른 신화 속 주인공들과는 달리 바리데기는 비범해 보이기는커녕 초라해 보이기까지 합니다. 신이라기보다는 인간적이지요. 이야기의 분위기 또한 화려하고 장엄하다기보다는 어두운 현실을 짙게 반영하고 있습니다. 그렇다면 이런 이야기도 신화일까요?

신화 연구자들이 두루 쓰는 의미로, 신화란 '신성한 이야기' 또는 '신성시되는 이야기'입니다. 즉, 신성(神聖)을 내재하고 있어 그 자체로 성스럽고 소중하게 받아들여지는 이야기입니다. 신성을 빼놓고 신화를 말하기는 어렵습니다. 그렇다면 '신성'이란 무엇이며, 어디에서부터 오는 것일까요? 신성은 말 그대로 고귀하고 성스러운 힘, '자신의 모습을 돌아보고, 삶을 헤쳐 나갈 수 있도록 용기를 북돋아 주는 고귀한 힘'을 말합니다. 그러한 힘이 저 멀리 높고 화려한 곳에서만 올 리는 없습니다. 우리 삶 가까운 곳에서도 신성은 얼마든지 빛을 발합니다. 아니, 누구나 가슴 깊은 곳에 고귀한 신성을 지니고 있습니다. 이 세상 누구라도 신성을 지닌 신화의 주인공이 될 수 있다는 것입니다.

〈바리데기〉를 신화라고 하는 이유는 그 속에 우리 자신을 돌아보게 하고 용기를 북돋아 주는 성스럽고 고귀한 힘이 담겨 있기 때문입니다. 오랜 세월 동안 입에서 입으로 이 이야기를 전해 온 사람들은 바리데기의 슬픈 발걸음에서 신성을 찾았으며, 이것은 오늘날에도 여전히 유효합니다.

여러분의 생각은 어떤가요? 마음속으로만 그리던 어머니 아버지, 그러나 그리움과 함께 수없이 원망도 했을 아버지가 맥없이 쓰러져 있는 것을 보고 서천서역으로 홀로 나아가는 장면에서, 가슴에 생명수를 품고서 미친 듯 달려와 아버지의 뼈를 어루만지는 장면에서 무언가 느껴지지 않았나요? 만약 이 이야기가 마음을 두드렸다면 〈바리데기〉의 신성이 미친 것이라고 할 수 있습니다. 그리고 어떤 깨달음을 얻었다면 〈바리데기〉는 신화라고 할 수 있습니다. 과거의 신화, 타자의 신화가 아닌 '지금 여기에서 우리의 것으로 살아 숨 쉬고 있는' 진정한 신화로서 말입니다.

처음부터 그러한 힘을 느끼기는 어려울지도 모릅니다. 그러나 바리데기의 구구절절한 사연을 찬찬히 읽다 보면, 〈바리데기〉가 전하는 신성이 얼마나 크고 깊은지를 누구나 가슴 깊이 느낄 수 있을 것입니다.

● 시련과 고통을 딛고 일어서기까지

바리데기는 공주였습니다. 그러나 귀여움 한번 받아 보지 못하고 화려한 생활과는 거리가 먼, 버림받은 공주였습니다. 그것도 친아버지로부터 버림을 받았지요. 부모에게 버려진다는 것, 환영받지 못하는 존재라는 것만큼 억울하고 무참한 일이 세상천지에 또 어디 있을까요? 자신이 누구인지도 모른 채 근원이 뿌리째 뽑힌 것 같은 삶은 과연 어떻게 감당해야 하는 것일까요? 산신령이 바리데기를 거두어 돌보았다지만, 바리데기 마음속의 쓸쓸함과 서러움까지 지울 수는 없었을 것입니다. 그러니 바리데기가 툭하면 눈물을 흘리고 격정에 휩싸이는 것은 어쩌면 당연한 일일 것입니다. 가볍게 스치는 바람에도 왈칵 눈물이 나지 않았을까요?

그러나 이러한 슬픔이 바리데기만의 몫은 아니었습니다. 아이를 내다 버린 부모의 마음 또한 편할 리가 없지요. 오구대왕의 명령으로 바리데기를 버린 길대부인의 아픔은 이야기 속에서 구구절절하게 드러납니다. 길대부인은 단 한시도 버린 자식을 잊지 못하고, 눈물로 세월을 보냅니다. 그런데 제 딸을 내다 버리라는 가혹한 명령을 내린 아버지 오구대왕의 마음은 어땠을까요? 정말 속이 시원했을까요? 아무리 극악한 사람이라도 제 자식을 버리고서 마음이 편하다거나 그 앞길이 순탄할 수는 없을 것입니다.

바리데기를 버린 순간 오구대왕은 어쩌면 희망의 끈을 놓고 스스로 절망에 몸을 던진 것인지도 모릅니다. 딸을 버린 것이 아니라 자기 자신을 내다 버린 것이라고 할 수 있습니다. 그러니 쓰러질 수밖에 없고, 어떤 약으로도 병을 고칠 수가 없었던 것이지요. 바리데기를 버린 것과 오구대왕의 병은 이렇게 연관되어 있습니다. 오구대왕이 일어날 수 있는 방법은 오직 하나, 버린 딸 바리데기(또 다른 자신)가 돌아와 서천서역의 생명수를 구해 오는 것입니다.

그럼, 자신의 존재를 지우려 한 아버지를 살리려고 사지(死地)나 다름없는 머나먼 길을 떠난 바리데기의 마음은 어땠을까요? 이에 대해서는 여러 가지 해석이 가능합니다.

우선, 한국인의 미덕인 '효(孝)'의 관점에서 바라볼 수 있습니다. '나를 이 세상에 존재하게 한 것만으로도 어버이의 은혜를 갚아야 한다.'라고 말입니다. 그런데 어쩌면 그것은 '당신은 나를 무참히 버렸지만, 나는 이렇게 당신을 구하러 길을 떠납니다. 당신이 한 일이 어떤 일인지 이제 아시겠지요?' 하는 원망이 담긴 행동이었을지도 모릅니다.

또 다른 관점에서는 '나를 찾는 행위'로 바리데기의 마음을 헤아려 볼 수 있습니다. '나를 버리고 쓰러진 당신, 당신이 일어서야 나도 일어섭니다. 나는 스스로를 구하러 떠나는 것이니 행여나 슬퍼 마소서.' 하는 마음 말입니다. 사람마다 생각이 조금씩 다르겠지만, 바리데기가 자아를 찾아 그 먼 길을 떠났을 것이라는 쪽에 무게를 두고 싶습니다. 제 삶의 의미를 찾아서 스스로 우뚝 일어서고자 하는 의지가 담긴 행동으로 말이지요.

우리는 종종 해외로 입양되었다가 훗날 친부모를 찾아오는 이들을 보게 됩니다. 친부모를 찾아 수만 리를 날아오는 그들과 바리데기는 닮았습니다. 그런데 그들은 왜 그 먼 길을 날아오는 것일까요? 아마도 그들은 자기를 버린 부모를 원망하기 위해서가 아니라 용서하러 왔을 것입니다. 자신을 버린 부모를 감싸 안는다는 것은 곧 자기 자신을 품는 일이며, 자신의 뿌리와 존재를 확인하는 일입니다. 서천서역으로 길을 떠났던 바리데기의 마음 또한 이와 같지 않았을까요? 그리하여 멀고 험한 길을 떠나는 마음이 오히려 가볍고 담담했으리라 짐작해 봅니다.

바리데기처럼 자신이 가야 할 길을 찾아 스스로 그 길로 나아간다는 것은 참으로 의미 있는 일입니다. 이야기 속에 나오는 바리데기의 여섯 언니들은 궁궐에서 편안하고 곱게 자라, 삶의 좁은 테두리를 벗어나지 못합니다. 그러니 다른 세상으로 한 걸음도 나아가지 못하고 항상 제자리에 머물 뿐이지요. 그리고 보면 삶은 참 역설적이라는 생각을 하게 됩니다. 부모에게 버림받고 고통을 두루 겪은 바리데기가 다시 머나먼 길을 떠나니 말입니다. 시련과 고통이 오히려 삶의 힘이 될 수 있다는 것, 〈바리데기〉 신화가 우리에게 주는 소중한 깨달음입니다. 하지만 만약 바리데기가 시련과 고통 앞에 그대로 주저앉았다면 이야기는 달라졌을 것입니다. 역경을 딛고 굳건히 일어섰기에 바리데기는 '흐린 영혼을 바른 길로 인도하는 구원의 여신'으로, '신성'의 길로 나아갈 수 있었습니다.

● 구원의 여정, 그 속의 신성

바리데기는 아버지 오구대왕을 살릴 생명수를 찾아, 자아를 찾아 서천서역으로 떠납니다. 그 길은 홀로 나아가야 하는 것이 인생임을 보여 주는 듯 외롭고도 험난한 길이지만, 바리데기가 늘 혼자였던 것은 아닙니다.

한밤중에 찾아 들어간 팔봉사에서 스님들은 바리데기를 위해 불공을 드리고 따뜻한 밥 한 끼로 다시 길을 떠날 수 있는 힘을 줍니다. 또한 서천서역으로 향하는 길에서 바리데기는 여러 신령스러운 존재를 만납니다. 밭을 갈던 할아버지와 빨래를 하던 할머니는 바리데기를 시험하는 존재이지만, 서천서역으로 인도하는 안내자이기도 합니다. 하늘에서 내려와 밭을 갈던 동물들과 억석바위 위에서 길을 알려 준 백발노인도 바리데기의 길을 밝혀 준 신령한 존재입니다.

생명수를 찾아 나아가는 바리데기의 발걸음은 세상 사람들의 염원이 담겨 있는 크고도 소중한 걸음이며, 서천서역으로 향하는 길은 하늘의 섭리가 한데 어우러진 신성의 여정입니다. 그래서 그 길은 외로워도 외롭지 않고, 어두워도 어둡지 않습니다.

마침내 바리데기는 인간은 갈 수 없는 곳이라는 금기를 보란 듯이 깨고서, 넓디넓은 유수강을 훌쩍 건너 서천서역에 다다릅니다. 그러고는 그 낯선 땅에서 하늘에서 귀양 온 동수자를 만나 인연을 맺고 아이를 셋이나 낳습니다. 아버지를 살릴 생명수를 구하는 것이 중요하다지만 그것은 결코 쉽지 않은 일이었을 것입니다. 게다가 동수자는 다시 하늘로 올라가려는 욕망으로 가득 찬 사람인지라, 바리데기와 세 아이를 두고 결국 하늘로 올라가 버립니다. 여성으로 살아가는 것이 얼마나 고달픈 일인가를 새삼

느끼게 되는 장면입니다.

이 부분이 쉽게 이해되지는 않지만, 이 또한 구원의 여정이 아니었을까요? 자신을 버린 아버지를 위해 길을 나선 바리데기에게 감싸지 못할 일이 뭐가 있었겠습니까. 그녀에게는 동수자 또한 자신이 품어야 할 외롭고 가련한 사람이었겠지요. 일방적인 '희생'이라고 생각하면 억울한 일이겠지만, 바리데기는 이미 그러한 억울함이나 원망은 초월한 듯 동수자를 구원합니다.

물론 바리데기의 마음이 어떻든 아이들이 아버지인 동수자한테 버림받는 장면에서는 바리데기의 슬픈 운명이 대물림되는 것 같아 마음이 무거워집니다. 그러나 이 이야기에서 바리데기의 세 아이들을 불러들여 가슴에 품는 사람은 다름 아닌 오구대왕입니다. 제 자식을 버렸던 오구대왕이 아비에게 버림받은 손주들을 품에 안은 것입니다. 오구대왕이 진정으로 구원받는 것은 어쩌면 약수로 다시 살아난 그 순간이 아니라, 버림받은 손주들을 끌어안는 순간이 아니었을까요?

그런데 이 모든 역경의 시간을 지나 아버지를 살리고 나서 바리데기가 찾아간 곳은 저승이었습니다. 이제는 부귀와 영화를 누리며 섬김을 받을 만도 한데, 그녀는 저승으로 오는 혼령들을 맞이하여 그 죄를 씻어 주고 좋은 곳으로 인도하는 오구신이 됩니다. 바리데기의 따뜻한 손길을 필요로 하는 이들이 그곳에 있기 때문입니다.

살다 보면 시련의 순간들을 여러 번 맞이하게 됩니다. 만약에 이렇게 힘들고 쓰라린 삶을 마친 뒤에 냉엄한 단죄가 내려진다면 얼마나 가혹한 일일까요? 이때 우리의 영혼을 감싸고 눈물을 씻어 줄 구원의 여신이 바로 바리데기입니다. 그래서 바리데기는 사랑하는 사람들을 떠나보내며 안녕을 기원하는 이 세상 사람들의 소망을 담은 인물이기도 합니다.

● 우리 안에 살아 있는 바리데기

〈바리데기〉는 아득한 옛날 불라국이라는 낯선 곳을 배경으로 하는 상상 속의 이야기입니다. 하지만 이 이야기는 지금, 여기, 우리의 삶과도 무관하지 않습니다. 그 안에는 시대를 초월하여 삶을 관통하는 진실이 담겨 있습니다.

매년 부모에게 버려지는 아이가 한둘이 아닙니다. 많은 아이들이 해외로 입양되고 있습니다. 여러 가지 이유로 가족의 생계를 짊어진 수많은 소년소녀 가장이 있습니다. 그 가운데는 고통 속에서 방황하며 좌절하는 아이들도 있지만, 역경을 딛고 일어나 당차게 삶을 꾸려 가는 아이들이 더 많습니다. 이들이 바로 우리 시대의 바리데기가 아닐까요?

우리는 모두 드넓은 세상에 홀로 던져져 스스로 삶을 꾸려 가야 하는 존재들입니다. 실제로 부모에게 버림받지는 않더라도 살다 보면 친구나 사랑하는 사람들에게서 종종 거부당하기도 합니다. 어쩌면 우리의 삶은 이렇게 수많은 '버려짐'으로 이루어지고, 지금도 누군가는 세상으로부터 무참히 버려진 것 같아 깊은 좌절감에 시달리고 있을지도 모릅니다.

자신이 외롭고 초라하다고 느껴질 때, 세상에서 버림받았다고 느껴질 때, 지금 무엇을 어떻게 해야 할지 도무지 알 수 없을 때, 바리데기를 떠올려 보세요. 바리데기의 험난한 여정을 짚어 가며 한 걸음 한 걸음 나아가다 보면 삶의 자리가 환해지고, 어느새 우리 옆에 소리 없이 찾아와 따뜻한 손을 내미는 바리데기를 만나게 될 것입니다.

바리데기처럼 버려진다면?

● 아버지를 살리기 위해 서천서역 약수를 찾아 길을 떠난 바리데기는 많은 어려움을 겪게 됩니다. 여러분이 읽은 내용을 바탕으로 바리데기가 거쳐 간 곳과 도움을 준 사람들, 그곳에서 일어난 일들을 정리해 봅시다.

● "내가 만약 ○○(이)라면?"이라는 질문에 《바리데기》의 등장 인물들을 넣어 보고 각 인물의 입장이 되어 역할극을 해 봅시다.

● 〈바리데기〉 신화는 굿(서사 무가)을 바탕으로 합니다. 그래서 무당이 부르는 노래를 생각하며 소리 내어 읽으면 굿 본래의 맛도 느낄 수 있지요. 굿 장단이 살아 있는 문장을 일반적인 문장으로 바꾸어 보며 느낌이 어떻게 달라지는지 이야기해 봅시다.

● '바리데기는 ○○(이)다.' 라는 문장으로 각자 생각하는 바리데기를 정의해 보고 그 이유를 이야기해 봅시다.

● 〈바리데기〉는 우리나라 신화입니다. 여러분이 생각하는 신화란 어떤 이야기이며 그렇게 생각하는 이유는 무엇인지 이야기해 봅시다.

● 다음 여주인공들과 바리데기의 공통점이 무엇인지 이야기해 봅시다.

- 《심청전》에서 심청은 자신의 몸을 바쳐 공양미 삼백 석을 시주하고, 아버지의 눈을 뜨게 합니다.
- 〈단군 신화〉에서 웅녀는 쑥과 마늘을 먹으며 고통의 시간을 보낸 뒤 인간으로 거듭나, 환웅과 결혼하여 단군을 낳습니다.
- 고구려의 건국 신화에서 유화 부인은 해모수와 결혼하여 집에서 쫓겨나는 등 시련을 겪지만, 훗날 아들 주몽은 고구려를 세웁니다.

참고 문헌

강등학, 《한국 구비문학의 이해》, 월인, 2002.

김인회, 《한국무속사상연구》, 집문당, 1987.

브루노 베텔하임 지음, 김옥순·주옥 옮김, 《옛이야기의 매력 1, 2》, 시공주니어, 1998.

서대석, 《한국 신화의 연구》, 집문당, 2001.

서대석, 《한국무가의 연구》, 문학사상사, 1997.

서대석, 《한국인의 삶과 구비문학》, 집문당, 2002.

서정오, 《우리가 정말 알아야 할 우리 신화》, 현암사, 2003.

신동흔, 《살아 있는 우리 신화》, 한겨레출판, 2004.

조현설, 《우리신화의 수수께끼》, 한겨레출판, 2006.

하효길, 《한국의 굿》, 민속원, 2002.

홍태한, 《서사무가 바리공주연구》, 민속원, 1998.

황석영, 《바리데기》, 창비, 2007.

도움 주신 분들

고화정(월계고등학교)

왕지윤(경인여자고등하교)

임종수(성보고등학교)

장재화(대구성서고등학교)

조현종(태릉고등학교)

국어시간에 고전읽기 201

바리데기, 야야 내 딸이야 내가 버린 내 딸이야

1판 1쇄 발행일 2009년 8월 20일
개정판 1쇄 발행일 2013년 6월 10일
개정판 11쇄 발행일 2025년 5월 12일

기획 전국국어교사모임
글 신동흔
그림 박철민

발행인 김학원
발행처 (주)휴머니스트 출판그룹
출판등록 제313-2007-000007호(2007년 1월 5일)
주소 (03991) 서울시 마포구 동교로23길 76(연남동)
전화 02-335-4422 **팩스** 02-334-3427
저자·독자 서비스 humanist@humanistbooks.com
홈페이지 www.humanistbooks.com
유튜브 youtube.com/user/humanistma
페이스북 facebook.com/hmcv2001 **인스타그램** @humanist_insta

편집책임 문성환 **편집** 윤무재 **디자인** 김태형 유주현 림어소시에이션
스캔·출력 이희수 com. **용지** 화인페이퍼 **인쇄** 청아디앤피 **제본** 민성사

ⓒ 신동흔·박철민, 2013

ISBN 978-89-5862-607-7 44810